Robert Lott

AF235773

Hexenwerk

Robert Lott, aufgewachsen in einem kleinen Dorf in Oberfranken, studierte Englisch und Geschichte in Bamberg, lebte
eine Zeitlang als Aussteiger auf einer spanischen Insel, wurde
Lehrer an einem bayerischen Gymnasium, studierte Spanisch
und Biologie in Heidelberg und lebt heute mit seiner Familie
in Würzburg. Von ihm sind unter anderem erschienen:

Kahlschlag. Gedichte und Erzählungen. Bläschke Verlag

Richie. Jugendbuch. Andrea Schmitz Verlag

Chronik der Gemeinde Oberhaid. Hrsg. Fränkischer Tag.

Robert Lott

Hexenwerk

Roman

Vielen Dank an Hanna Lindemann-Flor und Ange Hauck, die dieses Buch hinsichtlich Rechtschreib-, Grammatik- und sonstigen Fehlern durchgesehen haben.

Impressum:
Bibliografische Information der Deutschen Nationalbibliothek
Die Deutsche Nationalbibliothek verzeichnet diese Publikation in der Deutschen Nationalbibliografie: detaillierte bibliografische Daten sind im Internet über dnb.dnb.de abrufbar

© 2022 Robert Lott
Herstellung und Verlag: BoD - Books on Demand, Norderstedt
ISBN: 978 3756883912

Es war verrückt, es war absolut unmöglich, aber nach all dem hier konnte es nicht anders sein. Das war kein abgedrehter Horrorfilm, das war die Realität, die brutale Realität. Und die Menschheit hatte keine Ahnung. Und das sollte sie auch nicht haben, dafür sorgten sie schon.

Sie fröstelte. Die Menschen, die plötzlich nicht mehr mit ihr reden wollten, das ominöse Virus, die unsichtbare Abhöranlage, die merkwürdigen Löcher in ihren Autoreifen, alles kleine Störungen, die sie bei ihren Nachforschungen aufhalten sollten. Doch sie hatte den Beweis gefunden, sie hatte das Foto. Und sie wusste, was es bedeutete. Und wahrscheinlich wussten sie jetzt auch schon, dass sie es wusste. Gänsehautschauer liefen über ihren Körper. Jetzt hatten sie allen Grund, sie zu töten. Was war das für ein Geräusch? Sie starrte hinaus in die Finsternis des Waldes. Ein Lichtblitz. Sie kamen. Wo war diese verdammte Pistole?

Vier Wochen vorher

Er war tot und mir war langweilig. Ich weiß, man sollte mit den Trauernden mitfühlen, aber mal ganz ehrlich, es fällt einem doch ziemlich schwer, wenn man den Toten überhaupt nicht kennt. William Harvey war gestorben. Ein anerkannter Wissenschaftler, Professor für Molekularbiologie an der Uni Heidelberg. Große Beerdigung mit viel Lokalprominenz, mit seiner Frau, seinen Kindern, seinen Kollegen und Freunden und natürlich auch mit mir, einer Mitarbeiterin der Rhein-Neckar-Zeitung, die die große Ehre hatte, einen Nachruf auf den ehrenwerten Herrn Professor zu schreiben. Mit Würdigung seiner Erfolge im Kampf gegen den Krebs und natürlich mit Danksagungen für sein unermüdliches Engagement für die Erhaltung des Regenwaldes des Amazonas. Er hatte es geschafft, die Honoratioren der Stadt für seine Idee eines eigenen Naturschutzgebietes bei Iquitos zu gewinnen, mitten im peruanischen Dschungel.

William Harvey war selbst in Peru als Sohn einer deutschenglischen Auswandererfamilie aufgewachsen, hatte seinen Uni-Abschluss in Lima gemacht und war dann an das Tropeninstitut in Iquitos gegangen. Bei einem Europaaufenthalt hatte er seine Frau kennengelernt und war ihr nach Heidelberg gefolgt, wo er schnell vom Doktor zum geschätzten Professor aufgestiegen war. Eine einigermaßen interessante Biographie, o.k., aber irgendwie reißt es einen beim Tippen dieses Nachrufs nun auch nicht wirklich vom Hocker.

Aus seinem plötzlichen Tod, daraus hätte man schon eher etwas machen können. Harvey war vor sechs Wochen bei einem waghalsigen Segeltörn ertrunken. Mit 63 Jahren wollte er allein mit seinem Segelboot von Faro an der Südspitze Portugals auf die Kanarischen Inseln fahren, war in einen mörderischen Sturm geraten, gekentert und ertrunken. Ein wirklich tragisches Ende. Gegen alle Wettervorhersagen, gegen alle Warnungen, war er einfach losgesegelt, voll in die Orkanstärke hinein. Brauchten ältere Männer diese Bestätigung, dass sie noch körperlich fit waren? Egal, von seinem Boot hatte man nichts weiter gefunden als gesplitterte Holzplanken und die Überreste der Takelage. Und von ihm? Nichts. Keine Leiche, nur ein zerrissenes Hemd mit Blutspuren. Die Haie hatten nicht viel mehr von ihm übriggelassen. Und heute hatte ihn seine Familie offiziell für tot erklären lassen und ein Pro-Forma-Begräbnis angesetzt.

In der Bildzeitung war die Story schon vor sechs Wochen erschienen, mit großer, fetter Überschrift „Deutscher Professor von Hai gefressen" mit einem furchterregenden Bild eines weißen Hais mit weitaufgerissenem Maul aus dem Blut heraustropfte. Guter alter Photoshop macht eben alles möglich. In unserem biederen Provinzblättchen gab das Ganze auf Wunsch der Redaktion gerade mal einen halbseitigen langweiligen Artikel meinerseits ab. Und jetzt durfte ich den Nachruf und die Liste der Beileidsbekundungen in den Laptop hämmern. Aber dabei würde es nicht bleiben.

Es war ein irrer Zufall, dass ich mir gerade für diesen Sommerurlaub Peru ausgesucht hatte. Ich hatte ja schon lange geplant, einmal eine Südamerikareise zu machen, über den Titicacasee zu schippern und durch die Ruinen von Machu Picchu zu wandeln. Nun würde ich dabei gleichzeitig noch etwas Recherche in Sachen William Harvey betreiben. Ein Bericht über die exotische Jugend unseres beliebten Professors in Peru, über die nichts in Wikipedia zu finden war. Seine Jugendjahre in einer Auswandererfamilie, der Grund, warum seine Mutter auch nach wiederholten Bitten nicht zur Beerdigung erschienen war, dazu ein lebendiger Zusatzbericht über die schlimmen sozialen Missstände in Peru und über die guten und schlechten Seiten des Auswanderns, den man auch bei größeren Zeitungen und Zeitschriften unterbringen konnte. Mit meinen zwei Semestern Grundstudium Spanisch würde ich auch immer wieder schöne spanische Floskeln in meinen Artikel einfließen lassen. Peru, ich komme!

Landung in Lima, Montag früh. Es war kühl, viel kühler als erwartet. „Lima, eine feuchtwarme Stadt am Pazifik" hatte ich gelesen. Gut und schön, das Wetter war neblig und es nieselte leicht, so viel zu „feucht", aber warm? Es war einfach nur lausig kalt. Ende August hieß hier natürlich noch Winter. Aber mussten es denn wirklich nur 10 Grad sein? Wir waren doch nahe am Äquator! Und warum, zum Teufel, hatte ich keinen wärmeren Pullover eingepackt?

Lima gilt laut gleichem Reiseführer nicht nur als wenig attraktiv, sondern auch noch als gefährlich. Deswegen sollte man besser keinen öffentlichen Bus nehmen, sondern ein Taxi. Ich hatte lange mit mir gerungen und schließlich doch für den viel billigeren Bus votiert. Ich war schließlich keine 08-15-Schmalspur-Touristin, sondern ich hatte hier eine Aufgabe. Ich würde durch die Härten Südamerikas gehen und sie dann schillernd in allen Aspekten in meiner Reisereportage auspacken. Wenn mir jemand meine Kreditkarte wegnehmen wollte, musste er meinen Ledergürtel innen aufschneiden, und wenn mir jemand den großen Reiserucksack mit meiner Kleidung klaute, würde ich mich hier einfach neu eindecken. Meine besten Stücke hatte ich ohnehin zu Hause gelassen. Mein Miniaptop steckte mit den allerwichtigsten Utensilien im kleinen Reiserucksack vor meiner Brust und das Smartphone in meiner Hosentasche ganz unten. O.k., wie werdet ihr versuchen, mich zu beklauen? Im Notfall werde ich schreien, verlasst euch darauf. Und ich kann ziemlich laut schreien, auf Spanisch um Hilfe rufen. Ja, ja, super mutig bin ich, aber in Wirklichkeit habe ich übelst Muffensausen. Also gut, tief durchatmen und eine Runde Selbstsuggestion: Du bist mutig! Es kann dir nichts passieren! Es kann dir nichts passieren! Om!

Das Gepäck hatte das Förderband schon mal problemlos ausgespuckt. So und jetzt raus damit aus der Flughalle und auf zum Busbahnhof. Und schon begann das große Abenteuer. Laut Plan brauchte ich die Linie 33, um in die Innenstadt zu kommen. Und warum bitte stand da am Terminal kein Bus? Kein einziger! O.k. Fragen, einfach nur Fragen. Man wende sich an den nächstbesten Reisenden, der mit einem schweren Koffer auf dem Weg zurück in das Flughafengebäude ist.

„Perdone, Senor, ¿Por qué no hay ningún autobus?"

„Ay, es que hay una huelga, Senorita, una huelga. Hay que tomar un taxi."

„Huelga" gab es den zwei Semestern Grundstudium nicht, also Handy zücken und Google-Übersetzer anklicken: Aha, Huelga heißt Streik. Ach du Scheiße. Also doch Taxi. Hoffentlich wurde ich da nicht sofort übers Ohr gehauen oder landete als Raubopfer im Straßengraben.

Der Taxifahrer war schließlich ein ganz gemütlicher, dicker kleiner Peruaner, der mir irgendetwas von dieser „Huelga" erzählte, was ich nicht die Bohne verstand, doch meine anfängliche Angst löste sich durch sein ununterbrochenes Geplapper allmählich in Luft auf. Draußen nieselte es immer noch und wir kutschierten durch ewig lange Häuserschluchten, die mir alle ähnlich grau vorkamen. Im Reiseführer stand „Lima gilt manchem als die hässlichste Stadt Lateinamerikas, das stimmt aber nicht". Na ja, der erste Eindruck war jedenfalls nicht gerade berauschend.

Das Hotel war ebenso wenig einladend wie die ganze Stadt. Nüchtern, wenig schick, etwas altbacken, aber das Zimmer war in Ordnung und vor allem durchaus erschwinglich. Die Matratze war entschieden zu weich, reines Schaumgummi. Dafür gab es statt einem Federbett zwei Steppdecken, na super. Aber egal, nach dem 12-Stunden-Flug würde ich sogar auf dem nackten Boden einschlafen.

Der erste Morgen auf einem fremden Kontinent, in einer völlig anderen Zeitzone, aber mein Handy weckte mich ordnungsgemäß zur Frühstückszeit. So frisch geduscht und gestärkt würde ich erst einmal die Stadt erkunden. Man beginne mit dem Highlight Nummer 1 im Reiseführer, der „Plaza de Armas", dem zentralen Platz Limas mit dem Präsidentenpalast und der Kathedrale. Mist, es regnete immer noch heftig und alle verkrochen sich unter den Vordächern oder hasteten geduckt unterm Regenschirm an einem vorbei, so wirkte der große Platz doch etwas sehr dunkel und leer, mit den dunklen Wolken, die schwer über einem hingen, fast unheimlich. Und die Kathedrale? Kostete natürlich Eintritt. Was machten eigentlich die frommen Christen, die hier beten wollten und kein Geld hatten? Fünfzehn Soles, fünfzehn Sonnen, eine komische Währung. Wahrscheinlich wegen Inti, dem Sonnengott, dem höchsten Gott der alten Inkas. Der Name war geblieben, nur dass man damit heute nicht mehr den alten Sonnengott anbetete, sondern das Geld, den unerbittlichen Gott der modernen Welt, dem man seine tagtäglichen Opfer darbrachte.

Genug, ich zahlte meinen Zoll und schauet mir die Kirche an. Außen eher barock und innen eher klassizistisch steht im Führer. Na ja, wahrscheinlich waren die kantigen Säulen klassizistisch. Ich hatte leider keine große Ahnung von Kunstgeschichte, für mich war die Kirche einfach lateinamerikanisch, mit diesem schönen dunklen Holzgestühl, das ich an den alten Kirchen so liebte. Eindrucksvoll war die Kathedrale schon, aber kein Vergleich mit wirklich großartigen Kirchen wie der lichtdurchfluteten Sagrada Familia in Barcelona oder der Notre Dame mit ihren fantastischen gotischen Bögen. Immerhin hatte ich das Grab von Franzisco Pizarro gesehen, dem Eroberer des Inkareiches. Ein rücksichtsloser Machtmensch, der noch nicht einmal richtig schreiben konnte und sich alles vorlesen lassen musste. Und so ein ungebildeter Haudrauf vernichtete mit ein paar hundert Mann ein Riesenreich. Unglaublich.

Draußen regnete es in Strömen. Ich gab die Besichtigungstour auf und beschloss, mit dem Taxi zur Uni zu fahren. Dort musste man doch noch etwas von dem berühmten Professor Harvey wissen, der hier studiert hatte.

Ich hatte nicht gedacht, dass dieser Campus so verdammt weit draußen war. War der Taxifahrer im Kreis gefahren? Aber gut, die Wolken hellten sich etwas auf und meine Stimmung stieg. Ich war wieder im Arbeitseinsatz, Reporterin ohne Grenzen. Hier in der Uni würde ich sicher viel über Harveys wilde Studienzeit herausbekommen und dann natürlich über seinen ganzen Weg vom kleinen Auswandererjungen zum deutschen Uni-Prof und … Aber was sollte denn das? Weswegen?

„¿Pero, ¿por qué?

„Es que no se puede. Sin carnet de inscripción no se puede entrar. Esto no es un lugar turístico."

Ich hatte vergessen, dass die Unis in Südamerika alle hermetisch abgeriegelt sind. So schnell trennte man die Kinder der lieben Reichen vom schmutzigen Nachwuchs der Armen. Dabei blieben die Letzteren doch schon dank der horrenden Studiengebühren hier draußen vor der Tür. So wie ich jetzt. Der finster blickende Gorilla von Wachmann vor dem Stacheldrahtzaun ließ mich einfach nicht hinein, hielt mich für eine schnöde Touristin, die sich verlaufen hatte. Ich hielt ihm erst mal meinen schönen deutschen Reporterausweis unter die Nase, aber klar, den konnte er natürlich nicht lesen.

„¿Reportera alemana? ¿Pero qué quiere usted aquí?"

Also begann ich lang und breit von Professor Harvey zu erzählen und wie wichtig der Mann doch gewesen war und dass die Universität von Lima doch stolz auf ihn sein müsste und so weiter. Er hatte null Ahnung davon, was ich wollte, starrte mich ungläubig an und griff dann doch entnervt zum Handy. Na ging doch.

Eine halbe Stunde später lief ich mit Senor Rodriguez, einem Professor für Zellbiologie, durch die heiligen Hallen der Uni Lima. Er war noch recht jung für einen Professor, vielleicht 40 oder 45, perfekt gestylt in seinem graublauen Anzug und dem weißen Hemd, die schwarzen Löckchen gegelt nach hinten gelegt. Groß und schlank, aber leider überhaupt nicht mein Typ, allein schon, weil er ohne Punkt und Komma auf mich einredete, ohne auf irgendwelche Antworten meinerseits zu warten. Dabei wusste er offenbar so gut wie nichts von Harvey, außer dass er hier Medizin studiert hatte. Andererseits war er scheinbar froh, endlich jemandem seine fulminanten Deutschkenntnisse präsentieren zu können, die er bei einem doch recht obskuren Online-Sprachkurs erworben hatte.

„… Ja, Fräulein Braun, sehr interessant, das was Sie sagen. Wir erfreuen uns von Ihrem Besuch. Der Herr Harvey ist gewesen ein guter Student von unserer Universidad. Er hat studiert Biología und nicht studiert Sprachen, obwohl er gewesen halb Englisch, halb Deutsch. Aber ich werde bringen Sie zu Professor Guerrera, welcher ist Dekan de Medicina und ich glaube, er gekannt Senor Harvey. Sicher, dass Sie gehabt eine lange Reise, nicht ...?"

Mit Professor Guerrera war es leichter zu reden und zwar auf Englisch! Guerrera war ein weißbärtiger Mann in den Sechzigern, der mich hinter seinem Schreibtisch und seiner dicken Brille empfing. Ja, Harvey war ein beliebter Student gewesen, allerdings schon im Hauptstudium, als er gerade noch Erstsemester war. Sie hatten sich ab und zu unterhalten, bis Harvey dann nach Iquitos ging und schließlich nach Europa verschwand. Harvey hatte immer so einen lustigen Akzent gehabt und er hatte gern Fußball und Tennis gespielt. Ja, er war einer der besten Tennisspieler hier gewesen. Beim Segeln ertrunken? Unfassbar! Ja, sportlich war er immer gewesen. Seine arme Frau. Fotos? Ja, er würde seine Kollegen fragen. Aber er war hier fast der Dienstälteste und er glaube nicht, dass es noch viele Kollegen gäbe, die Harvey kannten. Ja, er würde alles zusammensuchen und mir schicken, was er finden könne. Ich solle mir erst mal ganz beruhigt die Stadt ansehen. Wollte er mich abwimmeln oder hatte er wirklich viel zu tun? Egal, es blieb mir ohnehin nichts anderes übrig, als seinen Rat anzunehmen.

Der Eindruck von der Stadt wurde einfach nicht besser. Das endlose Gewimmel von Menschen, der Dauerstau auf den Straßen ... Wieso, zum Teufel, streikten die Busfahrer, die meiste Zeit schienen hier doch eh alle Autos zu stehen oder sich im Schneckentempo vorwärts zu wälzen. Und zum Zeitvertreib hupte man sich dann nervtötend an oder beschimpfte seinen Vordermann. Immerhin fand ich nicht weit von meinem Hotel ein nettes Café im dritten Stock über einer Buchhandlung. Man konnte von dort weiter hoch in den vierten Stock gehen und schließlich auf einer kleinen, bepflanzten Terrasse, die zum Café gehörte, an einem runden Tisch sitzen und den Blick über die Hinterhöfe der Häuserblocks schweifen lassen Für eine kurze wertvolle Auszeit war man dem Lärm und der Hektik der Großstadt entfleucht.

Am Abend dann noch einen kleinen Drink an der Hotelbar und ich war in Lima angekommen. Ja, ich hatte die Blicke mehrerer Männer bemerkt. Eine einsame Frau an einem Tisch in der Hotelbar – ein ideales Opfer. Zur Tarnung bestellte ich in solchen Fällen immer zwei Getränke und stellte eines demonstrativ meinem gegenüber auf den Tisch – eine Frau, die auf ihren Mann wartet, der wahrscheinlich zu lange auf der Toilette brauchte oder in jedem Fall gleich auftaucht. Ich hatte einfach noch keinen Bock auf Affären. Die letzte war noch nicht so richtig verdaut und ich hatte hier ja noch etwas vor. Allerdings war ich auch gerade verdammt müde.

Der nächste Morgen weckte mich mit einem immensen Kopfweh. Ich hätte das zweite Glas Rotwein nicht so hinunterstürzen sollen. Buh, das fing ja gut an. Es klopfte an der Tür. Wer zum Teufel? Ich schaute wieder auf die Uhr. Halb elf! Der Jetlag hatte doch noch zugeschlagen. Es klopfte wieder.

„Perdone Señora. Usted tiene un paquete."

„Sí, sí. Espere."

Ich watschelte schlaftrunken zur Tür. Der Hotelbote hatte nicht gelogen. Ein dickes Paket von … Alfonso Guerrera, Universidad de Lima.

14

Bilder, Berichte, super. Guerrera war ein Schatz. Wie hatte er das alles so schnell aufgetrieben? Wahrscheinlich hatte er irgendeinen Hiwi oder Assistenten dazu verdonnert und derjenige hatte sich befleißigt gefühlt, den Auftrag seines Herrn und Meisters so schnell wie möglich zu erfüllen.

Ausschnitte von Tennisberichten, Harveys Einschreibung, seine Belegungen, seine Exkursionen und der Titel seiner Doktorarbeit „Gemelos y las influencias de la calidad de vida al ADN". Ich las kurz im beigehefteten Inhaltsverzeichnis. Irgendwie ging es um Zwillinge, aber mehr verstand ich nicht.

Hm, aus dem ganzen Zeug ließ sich zwar ein ganz netter Bericht machen, aber bestimmt kein wirklich interessanter. Was war das Besondere an dem Mann? Ein guter Student, ein guter Tennisspieler, das holt doch kein Mütterchen mehr hinter dem Ofen hervor. Nein, was war los mit seinen Eltern? Sein Vater war ja schon lange tot, aber seine Mutter ...? Warum war sie nicht zur Beerdigung gekommen? Gab es Fotos von den Eltern? Nein, da war nichts, nur die hingekritzelten Unterschriften auf dem Einschreibungsformular, das war's.

Halt, da war ja noch die Anschrift: Cusco, Avenida Huascar 44.

Cusco? Das wäre doch ohnehin die nächste Station meiner Reise gewesen. Ich gab „Tiempo en Cusco mañana" auf dem Handy ein: „Sonne, 20 Grad! "Gegencheck: Lima? „Regen, 12 Grad". Nichts wie weg hier! Auf nach Cusco. Wie komme ich dort hin? Liebes Handy, was sagst du mir?

Oh, du heilige Scheiße! Nächster Flug erst wieder in drei Tagen. Zug? Im Moment außer Betrieb. Bus? 12 Stunden mit dem Überlandbus. Also lieber doch nicht. Nochmal Gegencheck: Lima Wetter übermorgen? „11 Grad, Regenwahrscheinlichkeit 90%"!

Nein! Auf keinen Fall. Wo war diese blöde Busstation?

Ich war eingeschlafen. Der Bus schaukelte immer noch, aber die Sonne blinzelte durchs Fenster und wir näherten uns unserem Ziel: Cusco.

Cusco – ehemals Zentrum des Imperiums der Inka, eines gigantischen Reiches, das sich von Ekuador im Norden über Peru bis nach Chile erstreckte, über mehr als 3000 Kilometer, auf Europa übertragen wäre das glatt von Norwegen über ganz Mittel- und Westeuropa bis nach Nordafrika.

Ich rieb mir müde meine Augen und starrte aus dem Fenster, während der Bus durch die Vororte der Stadt rollte. Die Häuser waren hier viel niedriger als in den Häuserschluchten Limas und die Menschen … Es waren kaum noch Ausländer zu sehen, überall Indígenas, Frauen mit komisch bestickten Hüte und weit abstehenden bunten Röcken, Männer mit farbigen Hemden in den typischen geometrischen Indio-Mustern. Der Bus hielt an der Plaza Mayor – wieder ein riesiger rechteckiger Platz, dieser wurde allerdings im Unterschied zu Limas „Plaza de Armas" von der Sonne beschienen und war auch wirklich geschichtsträchtig. Laut Reiseführer hatte er schon den alten Inkas als Versammlungs- und Zeremonienplatz gedient. Von hier wandten sich kleine Gassen in alle Richtungen. Ich fühlte mich endlich im Peru der Inkas angekommen. So hatte ich mir das hier vorgestellt, nicht so wie in Lima. Aber natürlich beim Aussteigen aus dem Bus das gleiche Prozedere wie schon am Flughafen.

„Senora, ¿necesita habitación? Buen hotel, muy cerca."

„No, gracias."

Ich hatte das Hotel schon vom Bus aus gebucht. Immerhin, die Indigenas waren Gottseidank längst nicht so aufdringlich wie die Afrikaner. Einmal Ägypten und nie wieder Nordafrika.

Klar, man war in diesen ärmeren Ländern der laufende Dollarschein und die Leute hatten einfach keine Kohle, aber die Indígenas hier gaben wenigstens Ruhe, wenn man einmal „No gracias" gesagt hatte. In Ägypten war man ständig von „Freunden" umringt gewesen. Ein schrecklicher Alptraum, und die einzige Lösung bestand darin, sich einen „Freund" zu kaufen, der einen gegenüber allen anderen „Freunden" abschirmte. Hier war das anders. Hier konnte man sich überall frei bewegen. Ich holte meinen großen Reiserucksack aus der Ladefläche des Busses und orientierte mich langsam. O.k., die Gasse rechts von der Kathedrale musste es sein.

Das Hotel war eher eine kleine hübsche Pension mit einem begrünten Innenhof und Zimmern, die rings um diesen Patio angelegt waren. Ich war hundemüde und hatte kaum einen Blick für die schönen Balkone mit den üppig wuchernden Geranien. Ich fiel einfach nur noch ins Bett.

Gegen Abend kam ich wieder zu mir und beschloss, eine erste Erkundungstour durch die Stadt zu unternehmen. Die Luft war dünn auf diesen 3400 m Höhe und ich atmete erst mal tief durch und genoss die trockene kühle Atmosphäre. Ich zog zunächst ohne großen Plan durch die Straßen der Altstadt und stand zum ersten Mal staunend vor den Überbleibseln der gigantischen Inkabauten. Die Straßenzüge, die Grundmauern der Häuser, das waren alles noch Reste der alten Metropole der Sonnenkönige. Riesige behauene Steinquader, die aufeinanderpassten, so dass kein Windhauch dazwischen Platz hatte, bildeten die Fundamente der heutigen Häuser. Was für geniale Steinmetzen mussten daran gearbeitet haben und wie lange hatten sie dafür gebraucht? Und jetzt? Die Bevölkerung war gewachsen und die Spanier hatten auf die Bauten der Inkas ihre eigenen Häuser als zweite und dritte Etagen gesetzt. Unten die gewaltigen, aus dem Felsen geschlagenen Blöcke der Inkas und darauf die erbärmlichen kleinen Steine der Konquistadoren, überall mit Zement zusammengeklebt, damit sie nicht auseinanderfielen. Die Bauten der Inkas hielten angeblich sogar Erdbeben aus. Wie hatten es die Spanier nur geschafft, eine so hochstehende Kultur zu unterwerfen?

Schließlich landete ich am Coricancha – dem Sitz des Inkaherrschers, des Sohnes der Sonne, dem Zentrum des Inkareiches. Die christlichen Spanier hatten den Herrschaftssitz in eine Kirche verwandelt. So war es eben – die Religion, die gesiegt hatte, musste die Zeichen der vorherigen natürlich löschen oder zumindest in eigene Monumente verwandeln. Deswegen hatten die Römer den Tempel der Juden zerstört und darüber den Augustustempel errichtet, hatten die Spanier eine Kathedrale in die große Moschee von Córdoba gesetzt, hatten die Türken die Hagia Sophia mit Sprüchen aus dem Koran verziert und in eine Moschee verwandelt. Es gibt immer eine Siegerreligion.

Die Sonne ging unter und es wurde empfindlich kalt. Ich musste zurück. Im Hotel gab es als Gute-Nacht-Trunk ein Inka-Bier. Das hatten die alten Inkas sicherlich nicht gebrannt, aber es reichte zum Einschlafen.

So, heute aber mal an die Arbeit: Williams Mutter lebte in San Blas im sogenannten Künstlerviertel von Cusco, eine recht wohlhabende Gegend. Vor den Häusern standen große, blankgeputzte Autos. Hier sah man Männer mit gebügelten Hosen und Jackett, kaum den typischen Indio mit den bunten Hemden und abgetragenen Jeanshosen. Mehr Weiße und Mestizen, registrierte ich, und ein paar Touristen, die durch die Straßen streiften. Das Haus der Harveys sah allerdings gar nicht so aus, wie ich es mir ausgemalt hatte. Es hatte einen Garten wie die Nachbarhäuser und war vielleicht auch mal eine Art Villa gewesen, aber das war es schon lange nicht mehr. Der Garten war völlig verwildert und das Anwesen sah ziemlich heruntergekommen aus. Einige Dachziegel waren zerbrochen und der Efeu hatte sich scheinbar an vielen Stellen am Haus hochgefressen, war aber offensichtlich wenig fachmännisch wieder abgerissen worden und hatte dabei an manchen Stellen den alten Putz mitgenommen. Seit Jahren schien sich niemand so recht um das Haus zu kümmern.

Eine seltsame Frau musste die Harvey sein. Über 80 und ging nicht zum Begräbnis ihres einzigen Sohnes, obwohl man ihr die Reise bezahlt hätte.

Ich klopfte.

„¿Sí?"

"¿Señora Harvey?"

Die Tür ging einen Spalt auf und eine hagere, alte, grauhaarige Frau in einem schwarzen verknitterten Kleid beäugte mich misstrauisch.

"Señora Harvey. Soy Marisa Braun de Heidelberg. Soy reportera."

"¿Sí?"

"Señora, como usted sabe su hijo William murió, y como era un científico muy conocido me interesaría..."

"No quiero hablar de ese hombre."

Die alte Frau wollte die Tür wieder schließen, aber ich war schon zu nah. Guter alter Reportertrick, nur wenige Leute werfen einem wirklich die Tür vor der Nase zu, auch wenn das in vielen Filmen so vorkommt. Man musste nicht einmal den Fuß in die Tür stellen, sehr nah an der Tür zu sein, war schon genug. Niemand wollte einen Unbekannten gleich verletzen.

„Aber ihr Sohn war doch ein guter Sohn, oder?"

Das plötzliche Deutsch und meine Nähe taten ihre Wirkung: Die alte Frau hielt inne und ihr Kopf sank nach unten. Sie schien plötzlich mit sich selbst zu reden.

„Ja, er war ein guter Sohn. Er war … aber warum musste er so früh sterben? Warum? Er war so jung, so lebensfroh, so …"

Sie hob den Kopf und sah mich wütend an.

„Gehen sie! Ich will nicht mit Ihnen reden! Gehen Sie!"

„Aber Frau Harvey…"

„Gehen Sie! !Márchese! ¡Voy a llamar a la policia! Márchese!"

Ihre Stimme wurde immer lauter und schriller. Die Nachbarn würden bestimmt gleich aufmerksam werden. Ich wollte den Türgriff festhalten, aber die Alte war zu schnell, zerrte an der Tür und zog sie zu. Dann drehte sie innen den Schlüssel um und sperrte ab.

„Aber Frau Harvey, ich wollte doch nur …"

Sie antwortete nicht mehr. Ich sah vom Garten aus, wie sie hinter einem Fenster stand und telefonierte. Sie rief scheinbar wirklich die Polizei an. Ich musste weg hier, musste unverrichteter Dinge wieder abziehen.

Na super. Jetzt war ich so schlau wie vorher. Das war ja ein Reinfall. Eine kleine dickliche Indígena lief an mir vorbei und grinste mich an.

„Buenos días", sagte ich.

"Buenos días".

Sie grinste mich weiter an, ging aber nicht weiter, wollte scheinbar mit mir reden.

„No se preocupe. La Señora Arvi está loca. Sabe usted, muchas drogas y ahora loca, muy loca. "

O.k. Die alte Frau war ihrer Meinung nach also verrückt, hatte Drogen genommen. Aber diese Frau kannte sie. Mal sehen, was hier noch rauszuholen war.

Nach einer Viertelstunde Plausch war ich schlauer: Die Harveys hatten scheinbar früher als Hippiepärchen hier gelebt. Der Vater war schon vor zehn Jahren gestorben und die Frau war immer verrückter geworden. Von ihrem berühmten Sohn wusste die Indígena hier gar nichts, aber sie gab mir die Adresse des ehemaligen Kindermädchens der Harveys. Diese Aussteiger hatten tatsächlich einmal Geld für ein Kindermädchen gehabt!

Der Tag war noch nicht sehr alt, also steuerte ich die neue Adresse an. Diesmal gar nicht in der Villengegend, sondern weit oben am Hang von Cusco, wo es bitter kalt wurde in der Nacht. Schließlich stand ich vor einem kleinen, nur auf der Frontseite grün verputzten Haus in einer Vorortsiedlung, namens Sacsahuamán und klopfte an einer ausgebleichten Holztür.

„Señora Garranza?"

„¿Sí?"

Wieder eine Tür, die einen Spalt geöffnet wurde. Das Gesicht einer kleinen alten Indígena, in das sich tiefe Falten eingegraben hatten. Sie sah damit mindestens noch einmal zehn Jahre älter aus als die Señora Harvey. Wie alt mochte sie sein? Sie starrte mich durch ihre große runde Brille fragend an.

¿Sí?

"Señora Garranza. Me llamo Marisa Braun. Vengo de Alemania por un reportaje sobre la familia Harvey."

Eine ungläubige Miene im Gesicht.

¿Alemania? ¿La Señora Arvey?"

"Sí, pero quiero hablar de su hijo, William Harvey. ¿Se puede entrar?"

"William."

Über ihr Gesicht huschte ein leichtes Lächeln.

„Entre Usted."

In dem Haus roch es ziemlich unangenehm. Ich hatte gelesen, dass alte Menschen über immer weniger Riechzellen verfügen und sie deswegen ihren eigenen Körpergeruch nicht mehr so wahrnehmen können. Nun gut, ich versuchte die Meldungen meines eigenen Geruchssinns so gut es ging auszublenden. Immerhin konnte man mit dieser Frau wenigstens normal reden, ohne dass sie gleich die Polizei anrief.

"Perdone, Señora. Pero normalmente no tengo mucha gente aquí. Mi hijo ya se fue hace 30 años y me visita muy rara vez."

Es sah wirklich so aus, als hätte die alte Frau wenig Besuch.

"Usted quiere saber algo de Willi Arvey. Sí, Willi. Era un chico lindo, tan inteligente, no sé exactamente cuándo falleció, en los años ochenta, creo."

Oh nein, die war auch verrückt oder dement oder beides. William war doch nicht in den 80ern gestorben, sondern in diesem Jahr.

¿Murió en los años ochenta?

„Sí,sí, claro. Murió en el coche de un amigo que había tomado demasiado. Pobre chico, Willi."

Na toll. Sie redete von irgendeinem anderen ihrer Kinder, die sie mal betreut hatte, und das bei einem Autounfall gestorben war. Ich fühlte mich plötzlich sehr müde. Wo war ich hier hingeraten, was hatte ich mir da eingebrockt? Wie kam ich hier wieder heraus? Ich sollte wahrscheinlich einfach den Urlaub genießen und meine Reportage sonst wohin schießen.

"Mira, todavía tengo la noticia de su muerte."

Und jetzt auch noch ein Totenbildchen! Na super! Meine Oma hatte auch immer Totenbildchen gesammelt. Manche Leute wurden im Alter echt morbid. Der Typ auf dem Bild war natürlich nicht William Harvey und …Ich starrte auf die Bildunterschrift! Das war doch unmöglich! Da stand William Harvey, geboren 1962, gestorben 1982. Aber wie…? Gab es zwei William Harveys in dieser Stadt?

Ich zog ein Foto von William Harvey aus der Tasche. Eines aus der Uni, als er noch in den Zwanzigern war.

„Este hombre es William Harvey, ¿no?"

Sie lachte.

"Pero, no,no. Este es solo un amigo de Willi, no es William. No me acuerdo, como se llamaba él, pero no, no es Willi. Este chico apareció cuando Willi ya estaba muerto."

Ich verstand die Welt nicht mehr. Der berühmte William Harvey war also gar nicht William Harvey, sondern jemand anderes, ein Freund von William? Ich war wie betäubt. Die Frau plapperte weiter von ihrem Harvey, was für ein süßer Junge er doch gewesen sei, nur mit den falschen Freunden herumgehangen, die Eltern hätten sich zu wenig um ihn gekümmert und nur den ganzen Tag Joints geraucht, aber ich starrte nur immer wieder auf dieses Totenbildchen und in meinem Kopf drehte sich alles darum, warum William Harvey nicht William Harvey war. Ich hatte ein Rätsel zu lösen, vielleicht zum ersten Mal einen wirklichen Knüller, eine Sensation vor mir. Und die Señora Garranza plapperte und plapperte und ich hörte nur noch mit halbem Ohr zu. An diesen Freund, also den späteren Professor Harvey, erinnerte sie sich kaum und die Harveys hatten sie schon entlassen, als William 14 war. Das Geld aus Deutschland war aufgebraucht, und die Familie überlebte eine Zeitlang nur noch durchs Schuldenmachen. Nach Williams Tod bekamen sie dann doch wieder von irgendwoher Geld und konnten hier weiterexistieren, aber sie hatten keinen Sohn mehr. William Harvey war tot.

Ich verabschiedete mich von der Señora und fuhr zurück ins Hotel. Ich versuchte noch einmal alles durchzudenken. Als ich die Señora Harvey wegen Professor Harvey in Deutschland angesprochen hatte, hatte sie gesagt, „No quiero hablar de este hombre". „Ich will nicht über diesen Menschen reden". ‚Über diesen Menschen', der nicht ihr Sohn war, sondern ein Freund ihres Sohnes? Und als ich sie darauf ansprach, ob ihr Sohn ein guter Sohn gewesen sei, hatte sie mit ‚Ja' geantwortet und dass er zu früh gestorben sei. Dafür gab es nur eine Lösung: William Harvey war tatsächlich bei diesem Autounfall damals gestorben und einer seiner Freunde hatte seinen Platz an der Uni eingenommen. Aber warum nicht mit seinem richtigen Namen? Und warum hatte William Harvey niemals seinen richtigen Namen verraten?

Ich kam mir vor wie eine Kriminalkommissarin aus einem „Tatort". Morgen würde ich mir die Harvey noch mal vornehmen und sie nach diesem ominösen Freund fragen. Halt, stopp, das ging leider nicht. Morgen fuhr ja mein Zug nach Machu Picchu. Schade, aber die Fahrkarte hatte ich mir heute früh schon teuer gekauft. Konnte man die noch zurückgeben? Na gut, die Harvey würde mir ja wohl kaum davonlaufen. Genauso hatte ich mir das vorgestellt. Investigativer Journalismus und gleichzeitig Abenteuerurlaub. Ich fühlte mich großartig. Ich sah aus meinem Fenster. Ein wunderschöner Sternenhimmel. Und eine Sternschnuppe, tatsächlich eine Sternschnuppe! Was sollte ich mir wünschen?

Den nächsten Tag begann ich wieder in unserem kleinen Innenhof mit einer Tasse Mate de Coca. Am Anfang hatte ich bei Mate de Coca ja meine Bedenken, aber ich tunkte, wie von der netten Bedienung angeraten, immer nur zwei Blätter in das kleine Kännchen. „Das ist genug für Sie", hatte sie lächelnd gesagt. Die Träger auf dem Inkatrail warfen angeblich eine ganze Handvoll in ihren Tee, kauten auf den Blättern herum und liefen dann problemlos die 4000er mit dem schweren Gepäck der Touristen hoch. Das hieß allerdings nicht, dass sie Kokain konsumierten. Auf die Idee, aus den Cocablättern das Kokain zu extrahieren, war im 19. Jahrhundert ein abgedrehter deutscher Wissenschaftler gekommen und man brauchte für 1 Gramm Kokain einen ganzen Korb voller Blätter. Bei einer Handvoll Blätter merkte man aber immerhin schon die Anstrengung und das Gewicht des Tourigepäcks nicht mehr so sehr. Meine zwei Blätter entfalteten ungefähr so viel Wirkung wie mein täglicher Kaffee in Deutschland. Ich fühlte mich super. Ich würde mir heute ein sogenanntes „Weltwunder" anschauen.

Die Zugfahrt ernüchterte mich allerdings sofort. Eigentlich ein traumhafter Zug, mit einer richtigen alten Dampflokomotive wie aus längst vergessenen Zeiten mit wunderschönen, mit Holzinterieur ausgestatteten Abteilen für die Touristen ... und weniger schönen Abteilen mit Pritschen für die Indios. Ich hasste diese sozialen Ungerechtigkeiten und genau darüber wollte ich doch auch schreiben. Ich stand unschlüssig vor dem Zug mit meiner Fahrkarte, auf dem „Turista" stand. Gut, ich war auch eine von den privilegierten Weißen. Ich konnte nichts dafür. Ich war zufällig in einem reichen Land geboren und die armen Indios, die sich in die zwei grauen Abteile am Ende des Zuges drängten, in einem armen. Zu meinem Entsetzen stieg jetzt auch noch eine Trachtengruppe mit Musikinstrumenten in die Touristenabteile. Künstliche Folklore für Touristen, die nichts mit den Menschen hier zu tun hatte. O.k., das war's. Ich drehte mich um und lief schnurstracks auf die grauen schmucklosen Abteile zu.

„Señora!" Der Zugbegleiter eilte schnellen Schrittes hinter mir her. „Este no es su vagón, Señora. Usted tiene asiento en otro vagón."

Ich war an der Tür zu den Indioabteilen.

„!Señora! This not your wagon! You sit in another wagon. There!"

Ich tat so, als verstünde ich ihn nicht, und mehr Sprachen als Spanisch und Englisch konnte er nicht. Schließlich schüttelte er den Kopf und gab auf. Im Weggehen hörte ich nur noch ein „locos, todos locos.".

Ich hatte gesiegt, aber vielleicht war ich wirklich ein bisschen verrückt. Die Indios saßen zusammengepfercht auf den Bänken und starrten mich an. Wahrscheinlich dachten sie das Gleiche wie der Schaffner. So eine dumme Gringa, die sich nicht in das schöne teure Abteil setzte, sondern zu ihnen. Ich sah mich schon den Rest der Reise stehen mit meinem Wolfskin-Rucksack auf dem Rücken, als einer der Indios vor mir aufstand und mir seinen Platz anbot. Ein kleiner, schmächtiger Indio mit den typischen abgewetzten Arbeitsklamotten und einer Baseballmütze. Das schien hier fast Einheitskleidung zu sein.

„Tome asiento, Señora."

Ich wollte schon ein „No gracias" hervorwürgen, als mir einfiel, dass man freundliche Angebote in fernen Ländern vielleicht nicht abschlagen sollte. Ich wollte ja nicht die abgehobene Weiße heraushängen lassen.

So lächelte ich und setzte mich mit einem „Muchas gracias" auf den angebotenen Platz neben einer dicken Indiofrau, die, wie ich schnell bemerkte, unter ihrem Faltenrock auch noch einen Korb mit einem Hahn begraben hatte, der verschreckt gackerte, als ich mich setzte. Überhaupt waren fast alle Indios mit irgendwelchen Kisten, Körben oder Tüten beschwert, in denen sie ihre Einkäufe aus der Hauptstadt nach Hause brachten. Der Geruch in dem übervollen Wagon war auch leicht gewöhnungsbedürftig. Hatten die Leute kein Bad? Nein, ich war schon wieder die arrogante Gringa. Ich versuchte es mit leichter Konversation und fragte den Mann, der mir seinen Sitz überlassen hatte:

„¿Adónde va usted?"

„Ollantaytambo."

Keine Ahnung, was das war. Wahrscheinlich irgendeine Ortschaft auf dem Weg.

„¿A trabajar alli?"

„Sí."

„¿Hay mucho trabajo?"

„Sí."

Viel einsilbiger konnte eine Konversation wohl nicht sein. Er sah zur Seite. Ich gab auf und probierte es bei meiner mehr als vollschlanken Nachbarin.

„¿Y usted? ¿Adónde va?"

„Mana noq'a yachani español."

Der Indio neben ihr mischte sich ein.

„No habla español, solo quechua".

Und dann sagte er etwas völlig Unverständliches zu seinem Nachbarn; der lachte und dann lachte fast das ganze Abteil. Ich hatte keine Ahnung warum und ich fühlte mich mit einem Mal einfach schrecklich. Was hatte ich mir dabei gedacht, in dieses Abteil zu steigen? Ich war eine Gringa und es war Unsinn zu glauben, ich hätte irgendetwas mit dem Leben dieser Leute zu tun. Ich verstand ja noch nicht mal ihre Sprache.

Nach einigen Minuten verstummten die Gespräche und alle starrten wieder ausdruckslos vor sich hin. Wie anders waren diese Indios doch als wir Europäer oder Afrikaner. Lag diese stille Schicksalsergebenheit daran, dass sie als Kinder die ersten Lebensjahre gepuckt und unbeweglich an ihren Müttern hingen oder war es eine Folge der jahrhundertelangen Unterdrückung durch die Weißen?

Nach einer Stunde gab es einen größeren Halt und einige Indios schleppten ihre Habseligkeiten zur Tür und andere strömten herein.

Ich versuchte es mal wieder mit Konversation und fragte den Mann mit der roten Baseballmütze, der sich auch aufmachte, den Zug zu verlassen.

„¿Dónde estamos?".

Die Antwort war eigentlich klar.

„Ollantaytambo."

Ich fühlte mich nur noch dumm und klein, als plötzlich ein großer blonder Mann mit einem Rucksack einstieg. Ein Amerikaner oder Europäer! Er lächelte überrascht, als er mich sitzen sah, und stellte sich gleich neben mich.

"Hola, qué sorpresa, English?

"No, I'm German, but I can speak English."

„Aber dann sprechen wir doch lieber gleich Deutsch, oder?"

„Sie sind Deutscher?"

„Ja. Aber was machen Sie denn hier? Sind Sie in den falschen Waggon gestiegen?"

„Nein, eigentlich wollte ich hier sein, wollte mal sehen wie die Indios so leben. Aber ich glaube, das war ziemlich dumm von mir."

Er zog die Augenbrauen hoch.

„Wow, interessant. Sind Sie Reporterin oder so was? Oh, Entschuldigung, ich habe mich gar nicht vorgestellt: Martin, Martin Westphal."

„Marisa, Marisa Braun. Gut geraten, ich bin tatsächlich Reporterin, aber eigentlich mache ich hier nur Urlaub. Und Sie?"

„Oh, ich mache auch nur Urlaub, allerdings unfreiwillig."

„Was? Unfreiwillig Urlaub? Gibt es so etwas?"

„Ja, so was gibt es. Darf ich mich setzen?"

„Ja, ja natürlich".

Das war schon mal entschieden besser als die dicke Indio-Frau.

„Tja, manchmal hat man wirklich unfreiwillig Urlaub. Also, ich arbeite eigentlich am VLT in Chile, am Very Large Telescope. Aber letzte Woche hat irgend so ein oberschlauer Monteur bei Wartungsarbeiten die Sicherungsbolzen falsch eingesetzt und die Schüsselhalterung bekam Schwankungen. Ein Millimeter Schwankung, wissen Sie, was das für einen Astronomen heißt? Mindestens ein paar tausend Lichtjahre daneben. Super! Bis sie die Ursache gefunden hatten, war der ganze Aufbau schon verzogen. Einen Monat Zwangsurlaub für uns alle bis zur Reparatur, also mache ich jetzt erst einmal auf deren Kosten Südamerika unsicher, schaue zum ersten Mal, wo ich hier überhaupt bin. Und ich muss sagen, Südamerika ist doch echt genial, oder?"

„Das stimmt. Ja, aber wieso steigen Sie denn irgendwo hier in der Pampa in den Zug?"

„Na ja, eigentlich wollte ich den Inka-Trail nach Machu Picchu machen, aber da muss man ja ein Jahr vorher buchen. Also habe ich einen kleinen anderen Trail genommen und der endete hier in Ollantaytambo, übrigens eine tolle Inka-Festung. Bestimmt nicht mit Machu Picchu zu vergleichen, aber doch fantastisch. Sehen Sie mal raus."

Tatsächlich, während der Zug wieder Fahrt aufnahm, sah man oben am Berg eine Festungsanlage aus riesigen Steinquadern.

Der Typ gefiel mir irgendwie. Nach einer Stunde Fahrt wusste ich fast alles von ihm. Er kam aus Nürnberg, hatte in München Astrophysik studiert und war dann schließlich zur Beobachtung von irgendwelchen Radiowellen entfernter Sterne an das Observatorium in Chile geschickt worden, wo er sich nun in Zwangsurlaub befand, was ihm aber offenbar durchaus gefiel. Und was mir gefiel, war, dass er nichts von einer Freundin oder Frau erzählte. Er hatte keinen Ring an der Hand. Wie alt mochte er sein? 30, nein eher 35. Lebte der Typ nur für seine Arbeit? Oh Mann, wie war ich denn schon wieder drauf? Aber er war wirklich ein richtig toller Mann. Intelligent, witzig und verdammt gutaussehend. Er schien sich im Moment total für Südamerika zu begeistern, hatte in seiner freien Zeit offenbar jede Menge Reiseführer verschlungen und sein Spanisch klang entschieden besser als das Meinige.

Die Landschaft draußen veränderte sich. Die karge Hochebene mit ihren Steppen wurde abgelöst von bewaldeten Bergen durch die sich ein wilder Fluss fraß, der Urubamba, der sich seinen Weg durch die Anden hinunter ins Amazonastiefland erkämpfte. Die Vegetation wurde immer dichter und die Schlucht immer enger. Der Zug folgte den endlosen Schleifen des Flusses, dann verlangsamte sich die Fahrt. Wir näherten uns Aguas Calientes, der Endstation. Aguas Calientes: ein paar dunkle, an den Rand des Urubamba gedrängte Häuser, eingezwängt zwischen hohen dicht bewachsenen Bergen. Die Atemluft war längst nicht mehr so klar und trocken wie in Cusco, sondern heiß und feucht. Man meinte fast schon den Atem des immerfeuchten Amazonasbeckens zu spüren.

Wir stiegen aus und mit uns nicht nur viele schwerbepackte Indios, sondern auch mindestens zweihundert Touristen aus aller Welt, die zu den bereitstehenden Bussen strömten. Nur einige wenige liefen an den Bussen vorbei auf der Straße weiter. Ich wusste, dass es einen Weg nach oben gab. Ich sah mir den Berg an. Machu Picchu war nicht zu sehen. Es war irgendwo hoch über uns. Wie hoch?

Martin sah mich lächelnd an.

„Wir laufen, oder?"

„Ja klar", antwortete ich. Er sagte „wir". Das gefiel mir und außerdem wollte ich mir ja keine Blöße geben. Also ging es aufwärts, geradewegs den Berg hoch und schon nach fünfzig Höhenmetern fluchte ich innerlich, dass mir unten keine gute Ausrede eingefallen war. Es war rutschiger Lehmboden, es war übelst steil und wir kreuzten mindestens fünfmal die Serpentinenstraße, auf der die mit Touris beladenen Busse gemütlich nach oben tuckerten.

Immerhin, nach einer dreiviertel Stunde waren wir auch oben und staunten über Machu Picchu, eines der letzten Weltwunder der Erde. Eine riesige Ruinenstadt der Inkas, errichtet auf einem Bergsattel über dem Urubambatal, umgeben von noch höheren, von Pflanzen überwucherten Bergen, in denen sich die Wolken verfingen. Ein Traumbild wie aus einer anderen Welt. Warum hatten die Inkas diese Stadt hier errichtet? Warum hatten sie sie verlassen? Wozu hatte sie gedient? Eine Stadt voller Rätsel in einer mystisch wirkenden Umgebung. Wir wollten keine Führung mit vielen deutschen Touristen, sondern kauften einen kleinen handlichen Führer, mit dem wir durch die wundersame Anlage, die Reste einer untergegangenen Hochkultur wanderten, vorbei an den friedlich grasenden Lamas und mit immer wieder gewaltigen Ausblicken auf die wildromantische Natur.

Wir blieben stundenlang. Manchmal saßen wir einfach nur da und genossen das Schauspiel der Wolken, die sich über die Anden schoben, in sich zusammenfielen und immer wieder von der Sonne überstrahlt wurden.

Ich lehnte mich an ihn und er lehnte sich an mich und plötzlich lagen unsere Hände ineinander. Ich war verrückt. Ich küsste jemanden, den ich gerade mal ein paar Stunden kannte, aber ich hatte das Gefühl, ich kannte ihn schon seit Monaten.

Die Zeit schien stehen zu bleiben, aber die Wirklichkeit holte uns bald ein. Es wurden immer weniger Touristen auf dem Gelände und das konnte nur einen Grund haben: Der letzte Zug fuhr bald. Wir hatten beide keine Lust, in Aguas Calientes zu übernachten, und rannten und schlitterten, so schnell wir konnten, den Weg hinunter. Dieses Mal waren wir fast so schnell wie der Bus und erreichten prustend den Zug, hüpften gerade noch hinein, bevor er abfuhr. Wir hatten keine Zeit gehabt, uns ein Abteil auszusuchen, und jetzt saßen wir plötzlich mitten unter lauter Touris, die uns genauso merkwürdig betrachteten wie uns die Indios vorher. Wir waren zerzaust, verklebt mi Matsch und völlig außer Atem. Wir grinsten uns an und machten uns auf den Weg zu den Indígenas. Doch wir kamen nicht weit. Die Tür zu den Waggons der 2. Klasse war verschlossen. Die Touris sollten die Armut der Indios nicht sehen und die Indios die Touris nicht belästigen. Na super, wir suchten uns einen Platz am Fenster und dösten vor uns hin bis Cusco.

Er wohnte in einem anderen Hotel als ich und als wir ankamen, gingen wir mit einem langen Kuss auseinander. Zu mehr
waren wir wohl beide nicht bereit, aber wir hatten ein gemein-
sames Frühstück ausgemacht.

Ich fiel ins Bett. Dies war einfach ein wundervoller Urlaub.

Am nächsten Tag saßen wir zu zweit am Frühstückstisch
und lachten und palaverten und tranken unseren Mate-Tee wie
ein junges verliebtes Paar. Er wollte heute ins Inka- Museum.
Das hatte ich mir leider vorgestern schon angesehen, aber ich
hatte mir ja ohnehin vorgenommen, die verrückte Harvey
heute noch einmal zu besuchen. Er fand meine Arbeit höchst
interessant, aber ich wollte ihn natürlich nicht dabei haben.

So machten wir ein Treffen an der Plaza Mayor um zwei Uhr
aus und jeder ging erst mal seiner Wege.

Der Rest des Vormittags verlief allerdings völlig anders als
gedacht. Ich fuhr in bester Laune bei der Harvey vorbei und
erlebte die erste Überraschung des Tages: Vor dem Haus reihte
sich ein schwarzer SUV an einen VW Sprinter und einen großen
Laster, Maurer klopften den Putz ab und auf dem Dach turnten
ein paar Dachdecker herum. Die Harvey hatte Handwerker im
Haus!

Als sie mich entdeckte, ging sie allerdings wie eine Furie auf
mich los: „Gehen Sie! Lassen Sie mich in Ruhe! !Voy a llamar a
la policía!" Die Alte drohte mir mit ihrem Gehstock und die
Dachdecker sahen auch schon zu mir herüber. So ein Mist.

Ich musste wieder ohne weitere Informationen abziehen. Na
super. Hier kam ich wohl gar nicht weiter. Aber ich hatte ja

auch noch das Kindermädchen, also hinaus Richtung Sacsayhuamán.

Es war wie verhext. Hier präsentierte sich mir ein fast ähnliches Bild. Ein großer schwarzer Kombi vor dem Haus. Diesmal immerhin keine lauten Handwerker und es mir kam auch keine schreiende Irre entgegen, aber die Señora Garranza hatte offensichtlich auch Besuch. Ich klopfte trotzdem. Eine recht aufgelöst wirkende Señora machte mir auf.

"Oh, la Señora Braun. Mira, qué sorpresa. Mi hijo ha llegado con su familia, con mis nietos."

Sie strahlte über das ganze Gesicht. Oh ja, man hörte Kindergeschrei.

„La familia quiere quedarse toda la semana. ¡Es una maravilla! ¡Es increíble!"

"Señora, tengo unas preguntas...."

" Oh, pero hoy no, Señora Braun. !Qué venga otro día."

"Sólo el nombre del amigo."

"Ya le he dicho que no me acuerdo. Pero ¿por qué no viene otro día? Es que tengo familia ..."

Ich gab auf.

"Claro, claro. Vengo otro día."

Dies war absolut nicht der Tag der Starreporterin Marisa Braun. Eine Quelle wollte die Polizei holen, die andere hatte Familienbesuch und erinnerte sich nicht an den eigentlichen Namen des Professors Harvey.

Dafür sollte mich der Rest des Tages entschädigen. Wir machten einen wunderschönen Stadtrundgang, der bis in die Nacht dauerte. Es wurde hier auf den über 3000 Metern über dem Meeresspiegel in der Nacht wirklich unheimlich schnell kalt, aber ich schmiegte mich an ihn und spürte nur noch seine

Wärme. Er erzählte von seiner Arbeit, von den Sternen, zeigte mir am Sternenhimmel das Kreuz des Südens, den Orion, den Phönix und lauter Sternzeichen, von denen ich noch nie etwas gehört hatte. Und von jedem Sternbild hatte er eine interessante Geschichte zu erzählen. Ich hatte vorher nie gedacht, dass man so viel über fremde Sonnen und Planeten erfahren konnte. Diese ganzen Star Wars Filme, das waren doch Geschichten für die Jungs aus meiner sechsten Klasse gewesen. Aber von ihm klang das Ganze nicht nach Laserschwertern, sondern nach realen fremden Planeten, auf denen ein ganz anderes Leben möglich wäre.

Ein ganz anderes Leben ...Es war verrückt, aber ich hatte mich in diesen Wissenschaftsfreak verliebt. Ich kam mir vor wie eine Teenagerin, als wir in die Pension schlichen, leise die dennoch knarrenden Stufen in den 1. Stock hinaufgingen und in meinem Zimmer verschwanden.

Am nächsten Morgen saß er wie ein ganz normaler Besucher am Frühstückstisch und wir grinsten uns an, als die Bedienung uns mit „Buenos días, Señores" begrüßte. Das Leben war schön, auch wenn meine sensationelle Reportage so gar nicht vorankam. Wir planten tatsächlich schon die nächsten gemeinsamen Tage: Zuerst an den Titicacasee. Über den See wollte ich unbedingt schippern. Ich fand schon den Namen so verrückt, er erinnerte mich immer an Pippi Langstrumpf und das Takatukaland. Dann zu den Lineas von Nazca. Die wollte Martin unbedingt sehen. Jahrtausendealte riesige Linien, die Landepisten von Flugzeugen ähnelten und mit Figuren, die man eigentlich nur von der Luft aus sehen konnte. Ein weiteres Rätsel der

Menschheit. Ich hatte einmal einen Film über diesen abgedrehten Erich von Däniken gesehen, der meinte, hier wären Außerirdische gelandet. Blödsinn, sagte Martin, wozu brauchen Außerirdische Landebahnen für Flugzeuge? Aber wozu waren die Linien und Figuren dann da, wenn man sie nur aus der Luft sehen konnte? Und wie hatten die Indios vor 1000 Jahren kilometergroße Figuren maßstabsgerecht in der Ebene zurechtgelegt? Konnten sie fliegen? Alles was sich nicht erklären ließ, fand Martin total spannend. Manchmal wirkte er wie so ein kleiner Junge.

Morgen früh sollte es gemeinsam losgehen. Ich war nicht mehr allein. Ich hatte noch neun Tage Urlaub und Martin wahrscheinlich noch zwei Wochen. Das Leben war wundervoll. Martin ging in sein Hotel, um sich umzuziehen. Wir wollten uns heute in Cuzco auf jeden Fall noch einmal zusammen die Kathedrale ansehen, bevor wir weiterzogen.

Es kam wieder mal anders als gedacht: Als ich vor der Kathedrale auf Martin wartete, sah ich, wie die Señora Garranza die Kirche verließ, mit Begleitung, wohl ihre Familie. Der Mann mit der kurzgeschorenen Bürstenfrisur war bestimmt ihr Sohn, die hübsche Indígena daneben vermutlich ihre Schwiegertochter, dann zwei Jungs und ein Mädchen, ihre Enkel. Die Señora hatte sich wirklich herausgeputzt mit farbiger Rüschenbluse und rotschwarzem Pollera-Rock, ihr langes Haar zu Zöpfen gedreht und kunstvoll in Schleifen zusammengesteckt. Sie redete und strahlte dabei.

Plötzlich bemerkte sie mich, sagte etwas zur Gruppe und kam kurz zu mir herüber. Sie drückte mir zur Begrüßung die Hände. Ihr Lächeln wirkte irgendwie gefroren. Ich spürte ein Stück Papier, das von ihrer Hand in meine rutschte.

„Señora Braun, aquí pasan cosas muy raras. Por favor, no pregunte nada más. A los dioses no les gusta."

Die Garranza ging lächelnd wieder zu ihrer Familie. Ich war wie geschockt. Was? Einige Sachen waren merkwürdig. Ich sollte besser nicht weiter fragen und was sollte diese komische Bemerkung, den Göttern gefällt es nicht? Als sie weg waren, öffnete ich den zerknüllten Zettel: „Alessandro Gonzalez" stand darauf, nichts weiter.

Ich musste mich fast übergeben vor Aufregung. Was war hier los? Ich setzte mich erst einmal in ein Café neben der Kathedrale.

Ich hatte einen Namen, wahrscheinlich den wahren Namen von William Harvey, aber ich hatte eine Art Warnung erhalten. Merkwürdige Dinge geschahen. Ich sollte besser nicht weiter fragen. Den Göttern gefällt es nicht. Das Letzte musste eine Redewendung sein, die ich nicht kannte. Das würde ich später nachschlagen. Aber ich hatte in jedem Fall einen Namen, also los.

Ich zückte mein Handy und gab Alessandro Gonzalez ein. Es gab Tausende mit diesem Namen, aber fast alle waren aus Argentinien. Genau, der merkwürdige Dialekt, von dem der Professor gesprochen hatte, und Alessandro war ein italienischer Vorname, kein spanischer. Viele Italiener waren früher nach Argentinien ausgewandert. Tennis – ein beliebter Sport in Argentinien.

Mein Gehirn lief plötzlich wie ein Kriminalcomputer auf der Suche nach Verdächtigen. Alessandro hatte ohne Probleme die Aufnahme in die Uni von Lima geschafft, obwohl er wahrscheinlich gar nicht hier zur Schule gegangen war. Vielleicht hatte er einfach bereits in Argentinien studiert. Und offensichtlich war er reich genug gewesen, um sich das Studium leisten zu können, denn die Harveys selbst hatten gar kein Geld mehr gehabt. Er kam also aus einer reichen argentinischen Familie, die ihn … auf die Universität von Buenos Aires geschickt hatte, genau. Und dort … dort würde ich sein Bild wiederfinden. Ich würde herausfinden, warum er eine andere Identität angenommen hatte. Ich war genial. Ich grinste vor mich hin.

„Marisa?"

Martin stand vor mir und starrte mich an.

„Was schaust du da an? Ein lustiges Video von uns beiden? Oder eine Folge von Pippi Langstrumpf im Takatukaland?"

„Oh nein, Entschuldigung. Ich war ganz vertieft."

Ich legte das Handy weg.

„Martin, du glaubst nicht, was gerade passiert ist."

Ich erzählte ihm von meiner Begegnung und meiner Vermutung.

„Das ist doch genial, oder? Das wird die super geile Reportage."

„Aber du weißt doch gar nicht, ob Alessandro tatsächlich aus Argentinien stammt und dort auf die Uni gegangen ist. Das klingt zwar gut, kann aber auch falsch sein."

„Das stimmt. Deswegen muss ich auch unbedingt dorthin."

„Oh, eigentlich dachte ich, wir fahren an den Titicacasee."

„Oh Martin. Das stimmt natürlich. Klar fahren wir dahin, Buenos Aires läuft ja nicht weg."

„Und die Kathedrale?"

„Wie die Kathedrale?"

„Ich dachte, wir wollten uns jetzt die Kathedrale anschauen."

„Ja, ja, klar. Entschuldigung."

Ich lief durch die Hallen der Kathedrale, atmete den betäubenden Stearinduft der Kerzen, ein aber in Gedanken war ich bei Alessandro Gonzalez und Buenos Aires.

„Schade, dass sie in der Kathedrale so viele Indios ermordet haben. Ich finde, man riecht das Blut noch so intensiv."

„Was? Wo stand das?"

„Nirgendwo. Du passt überhaupt nicht auf, was ich sage. Was ist los mit dir?"

„Entschuldigung, die Sache mit diesem Gonzalez lässt mich nicht los."

„Schalt doch mal ab. Du bist doch hier und nicht in Argentinien."

Ich versuchte es, aber es ging einfach nicht. Ich lief durch diese wunderbare Inkastadt und war in Gedanken in der Universität von Buenos Aires und fragte nach Alessandro Gonzalez.

Martin sah mich wiederholt etwas fragend an.

Am Ende des Tages gab ich auf.

„Ich kann es nicht! Ich schaffe es einfach nicht!"

„Was?"

„Ich kann jetzt nicht ein paar Tage mit dir an den Titicacasee fahren. Ich muss nach Buenos Aires."

„Aber ... „

Er war traurig, das war ja klar.

„Martin, ich denke die ganze Zeit an diesen Harvey und ich glaube, ich kann das hier nicht richtig genießen."

Er nickte und wir gingen schweigend zu seinem Hotel. Wir küssten uns, aber irgendetwas war passiert. Ein Zauber war zerbrochen.

„Martin... Ich ..."

„Ich weiß ... Deine Arbeit."

„Martin, bitte, ich ... Ich verlasse dich nicht. Ich rufe dich an, ich fahre um die ganze Welt, um dich zu sehen. Ich... ich glaube, ich liebe dich, aber ich habe das Gefühl, ich muss diese Story weiterschreiben. Bitte sei mir nicht böse."

„Ich kann dir gar nicht böse sein. Ich bin nur traurig. Sehen wir uns morgen früh? Ich brauche mal eine paar Stunden für mich."

Er wollte mich jetzt nicht bei sich haben. Ich konnte es verstehen. Wir verabschiedeten uns mit einem gehauchten Kuss und einer Umarmung wie bei einem Abschied. Ich musste auf dem Nachhauseweg heulen. Ich war so eine Idiotin! Nein, ich würde nicht nach Buenos Aires fahren, ich würde hier bleiben und mit Martin Peru erkunden. Scheiß auf die Reportage!

Am nächsten Morgen erschien er etwas gedrückt an der Tür meines Zimmers. Die Hotelbesitzer hatten ihn einfach hereingelassen. Ich war noch nicht einmal geduscht, aber das war auch schon egal.

„Marisa?"

„Ja?"

„Wäre es schlimm … Ich meine, könnte ich mitkommen?"

„Was?"

„Nach Buenos Aires. Ich war ja auch noch nie da."

„Was? Ja… ja, natürlich."

Mir fiel nichts mehr ein. Ich fiel ihm nur noch um den Hals.

„Aber die Linien von Nazca?"

„Die sind schon ein paar Jahrtausende da und irgendwann komme ich da schon hin. Vielleicht besuchst du mich ja wirklich mal in Chile und wir machen einen Ausflug dorthin."

„Ich komme, ich komme ganz bestimmt."

Ich musste weinen. Ich hatte den besten Mann der Welt gefunden.

So ganz einfach war das natürlich nicht. Die Angestellte im lokalen Reisebüro schwitzte eine Stunde lang, um uns kurzfristig einen Flug nach Buenos Aires zu besorgen. Und ich schwitzte noch mehr, denn diese zusätzliche Reise würde mein gesamtes Erspartes aufbrauchen. Der Einsatz musste sich auf jeden Fall lohnen.

Im Flugzeug checkte ich erst einmal diesen merkwürdigen Spruch der Señora Garranza: „A los dioses no les gusta". Kein Wikipediaeintrag. Google-Übersetzer bringt auch nichts. Gab es in der Mythologie der Inkas irgendeinen Zusammenhang? Oje, alle möglichen Götter, und ich dachte immer, es gäbe bei denen nur diesen einen Sonnengott Inti. Wow, es gab Hawcha, den Gott der Gerechtigkeit und Vergeltung, Herr über die Zeit. Er hatte irgendetwas mit dem Planeten Sirius zu tun. Herr über die Zeit - die Inkas hätten an den modernen Science-Fiction Filmen ihren Spaß gehabt. Vielleicht würde mich ja Pachamama, die Fruchtbarkeitsgöttin, mit einem Erdbeben strafen, am besten im Verein mit Illapa, dem Wettergott, der mich mit Donner und Blitz bedrohte. Da hoffte ich doch mal auf den guten alten Inti, den Beschützer der Menschheit. Nein, alles Quatsch, keine Ahnung, was der komische Spruch bedeuten sollte.

Buenos Aires. Von oben betrachtet ein riesiges Häusermeer am Rio de la Plata, dem Silberfluss. Dabei ist dieser Rio ja eigentlich gar kein Fluss, hatte ich gelesen, sondern das riesige gemeinsame Delta des Paraná und des Uruguay, der beiden großen Flüsse, die sich aus den Anden heraus durch den unendlichen Dschungel zum Atlantik schlängelten. Das Wetter hier war ganz anders als in Lima. Es war windig, kühler als in Cuzco, aber auch trocken und sonnig. Wir strahlten uns an, aber wir strahlten sowieso die ganze Zeit. Wir checkten in einer Pension ein, in die wir uns vorher per Internet eingeloggt hatten und alles funktionierte ohne Probleme. Wir waren nicht verheiratet, aber das interessierte offensichtlich auch im Land des Papstes niemanden mehr.

Wir wollten natürlich zuerst einmal die Stadt erkunden, die berühmte Plaza de Mayo und das Viertel La Latina, den Hafen, die Altstadt …Es blieb bei einem Kurzbesuch der Plaza de Mayo, denn wir waren vom langen Flug ziemlich erledigt und die Nacht kam viel früher als erwartet. Wir hatten die Zeitumstellung vergessen. Dafür gab es im Hotel noch einen guten chilenischen Wein und eine Nacht mit dem Mann meiner Träume.

Die Besichtigungstour wurde auch am nächsten Tag auf den Nachmittag verschoben, da ich hoffte, erst einmal in der Uni etwas über Alessandro Gonzalez herauszufinden. Es war ja eigentlich ganz einfach, die Uni musste nur „Alessandro Gonzalez" eingeben und dann sein Studienjahr, das nach meinen Recherchen zwischen 1978 und 1982 gewesen sein musste.

Martin wollte zunächst mitkommen, aber ich wollte meine Arbeit immer noch lieber alleine machen, so dass er sich solange den Hafen anschauen konnte.

Ich hatte zunächst mehr Glück als in Lima, der Wachposten ließ mich ohne viel Federlesen herein und die nette Frau an der Anmeldung gab mir auch noch den Zugangscode für die Suchmaschine der Uni, nachdem ich ihr meinen Reporterausweis gezeigt hatte. Das nützte mir leider gar nichts, denn ich wollte ja gar kein Buch, sondern die Daten eines ehemaligen Studenten. Also wurde ich weitergeleitet und weitergeleitet, bis ich tatsächlich beim Direktor der Uni im Ledersessel saß. Nach einer längeren Unterhaltung auf Englisch und Spanisch hielt er mich wohl für glaubwürdig und schickte mich mit einem Mitarbeiter ins Archiv.

Ab da ging es im wahrsten Sinne des Wortes bergab. Ich hatte völlig vergessen, dass es in den 70er und 80er Jahren noch keinerlei Datensätze gab, sondern alles schön in verstaubten Ordnern im Untergeschoss ruhte. Zudem waren in den Jahrgängen vor 1983 viele Namen geschwärzt, Studenten, die der damaligen Militärjunta unliebsam gewesen waren und umgebracht wurden, wenn sie nicht schnell genug außer Landes flohen. Na super!

Statt ein paar Minuten am Computer verbrachte ich geschlagene fünf Stunden in einem verstaubten dunklen Kabuff und hatte gerade mal die Jahre 1978 bis 1980 durch, dabei war der Name Gonzalez in Argentinien offensichtlich mindestens so häufig wie Müller und Meier in Deutschland. Gottseidank gab es nicht so viele mit dem Vornamen Alessandro. 1978 hatte ein Alessandro Psychologie studiert und vier Jahre später sein Diplom gemacht. Ein kurzer Google-Check: Der Typ praktizierte noch, also Fehlanzeige. 1979 gab es zwei Alessandros. Einer war leicht geschwärzt und dahinter stand „falleció en la Guerra de las Malvinas". Er war also im Falkland-Krieg gestorben. Geschwärzt und dann im Krieg gestorben. Wahrscheinlich hatten ihn die Militärs in die erste Reihe gestellt, als die Briten kamen. Der andere Gonzalez hatte Medizin studiert. Ein Check und … Mist. Er war als anerkannter Arzt vor zwei Jahren in Buenos

Aires gestorben. 1980 kein Alessandro Gonzalez. War meine Vermutung einfach falsch?

Die Augen fielen mir zu und ich rief Martin an. Er hatte sich nicht nur den Hafen angesehen, sondern auch noch La Latina, die Heimat des Tangos. Draußen strahlte die Sonne. Ich gab die Suche für heute auf.

Der Rest des Tages entschädigte mich für den enttäuschenden Vormittag. Martin zeigte mir den Hafen, hatte sich natürlich schon wieder alles angelesen und alles ausgekundschaftet. Wir begannen wieder an der Plaza de Mayo, dem Platz zwischen dem Präsidentenpalast und der Kathedrale. Hier hatten die großen Demonstrationen der Madres de la Plaza de Mayo stattgefunden, hier hatten die Mütter die Generäle lautstark aufgefordert, ihnen ihre verschleppten Söhne wiederzugeben. Um das Monument der Freiheit herum war ihr Zeichen, das weiße Kopftuch, in den Boden eingelassen, als ewige Erinnerung. Wir schlenderten von der Stadtmitte bis zu La Latina und ich staunte nicht schlecht über die lustig angemalten Häuser und die Figuren der Tangotänzer auf den Balustraden. Wir versuchten spaßhafterweise auch Tango zu tanzen, bis eine Frau in einem rosafarbenen Tangokostüm aus einem der bunten Häuser auftauchte und uns unbedingt zu einem Kurs überreden wollte. Wir liefen zurück zu unserer Pension, wobei wir die Ausmaße der Stadt wohl etwas unterschätzt hatten. Wir waren fix und fertig, als wir zu Hause ankamen, und fielen nur noch ins Bett.

Ich wollte nicht aufgeben und fuhr am nächsten Tag wieder in die Uni. Es blieben ja noch die Jahre 1981 und 1982. Martin unterstützte mich, aber ich hatte langsam das Gefühl, er wäre lieber nur mit mir in Buenos Aires geblieben und hätte sich weiter die Stadt und die Umgebung angesehen. Er zeigte mir Fotos von den Wasserfällen von Iguazú, von den größten Wasserfällen der Welt, nahe der Grenze zu Brasilien, weit größer und gewaltiger als die Niagara-Fälle. Er hatte sogar einen billigen Kurzstreckenflug dorthin gefunden.

‚Ja', ich sagte zu, aber erst wollte ich doch noch einmal versuchen, etwas über Harvey alias Gonzalez herausfinden. Also stieg ich wieder die Treppen hinab in die düsteren Kellerräume der Uni, schaltete das Neonlicht an und wälzte mich durch das Studentenverzeichnis.

1981, ein Alessandro, der das Studium abgebrochen hatte. Ja, vielleicht war das die Spur. Und es gab eine Telefonnummer. Ich rief an:

„Dígame". Die Stimme einer jungen Frau.

„Hola soy Marisa Braun, una reportera de Alemania. Busco informaciones sobre estudiantes de la universidad en los años 80. ¿Usted conoce a Alessandro Gonzalez"?

"Sí. Así se llamaba mi abuelo. Pero ya no vive."

"Lo siento."

"Ya murió hace tres años en España. No quería vivir en la dictadura."

"Eso se entiende. Pues, muchas gracias."

"No quiere saber más?"

"No, pero muchas gracias. "

Ein ausgewanderter Allessandro Gonzalez, der wie so viele vor der Diktatur der 80er Jahre geflohen war. Ich hatte mich mittlerweile informiert. Die Jahre 1976 bis 1983 waren schrecklich gewesen. Tausende linksgerichtete Studenten verschwanden spurlos, Müttern wurden ihre Kinder genommen, eine Terrorherrschaft des rechten Militärs, die erst durch den verlorenen Falklandkrieg ein Ende nahm. Der Professor hatte wohl seinen Sohn unter anderem Namen im Ausland versteckt. Aber im ganzen Ordner 1982 gab es keinen einzigen Alessandro Gonzalez. So, das war's. Ende. Aus. Alessandro hatte also nicht hier studiert oder er war einer der völlig geschwärzten Namen. Studenten, die nie existiert haben sollten, weil sie der Diktatur ein Dorn im Auge waren und in irgendwelchen Massengräbern verscharrt wurden oder über dem Meer gefesselt aus den Flugzeugen geworfen wurden, eine besondere Gemeinheit der Junta. Und die alten Frauen der Plaza de Mayo hatten jahrzehntelang nach den Toten gesucht und Aufklärung verlangt.

Kein Alessandro Gonzalez. Vielleicht war ja meine Theorie einfach falsch gewesen. Vielleicht war er doch gar kein Argentinier. Dann hätte ich genauso gut in Cuzco bleiben können, hätte über den Titicacasee tuckern können und die Isla del Sol, die sagenhafte Urheimat der Inkas, besuchen können. Aber gut, Buenos Aires hatte auch seine schönen Seiten. Ich würde mit Martin nach Iguazú fliegen, mit ihm noch ein wunderbares Wochenende hier verbringen und zu Hause einen netten kleinen Reisebericht über Peru und Argentinien verfassen. Ich lief noch einmal die lange Fotogalerie der renommierten Professoren ab, die hier studiert hatten. Und ... da war er! Alessandro Gonzalez alias Harvey! Aber das, ... das war doch völlig unmöglich. Aber hier war es schwarz auf weiß: Alessandro Gonzalez, Profesor de Medicina 1956-1982. Aber... Das war Alessandro Gonzalez und er sah haargenau so aus wie William Harvey. Die beiden hätten Zwillingsbrüder sein können. Eine frappierende Ähnlichkeit bis auf die Bartstoppeln von Alessandro Gonzalez!

Ich starrte das Bild bestimmt eine halbe Stunde lang an. Studenten liefen an mir vorbei und drehten sich nach mir um, aber ich beachtete sie nicht. O.k., so langsam formte sich das Bild in meinem Kopf. Professor Alessandro Gonzalez sah Willam Harvey so ähnlich, dass dies nur einen Schluss zuließ: Harvey war sein Sohn! Früher nannten die Leute ihre Kinder genauso wie sie selbst, sie hießen dann z.b. George Bush Senior und George Bush Junior. Alessandro hatte seinen Sohn mit 20 Jahren nach Lima zum Studium geschickt, unter falschem Namen. Wahrscheinlich hatte sich sein Sohn bei der Militärjunta unbeliebt gemacht und der Vater ließ ihn verschwinden. Aus den Annalen der Uni war er jedenfalls erfolgreich gestrichen worden oder er hatte von seinem Vater Privatunterricht erhalten. Natürlich hatte sein Vater den Harveys Geld geschickt, damit das Ganze nicht aufflog. Eine tolle Story. Ich war gerettet.

Und was konnte man jetzt über den Vater herausfinden?

Noch einmal durch die ganzen Akten? Oh, nein, nicht noch einmal. Vielleicht wusste irgendjemand doch noch irgendetwas über den berühmten Professor. 1982 in Ruhestand gegangen oder gestorben? Na ja, man konnte es ja mal beim Sekretariat versuchen.

Fünf Minuten später erlebte ich die nächste Überraschung. Natürlich kannten alle in der Uni den Professor, beziehungsweise sie kannten seine Söhne! Alberto hatte schon vor acht Jahren seine Zahnarztpraxis geschlossen, aber Victor arbeite mit seinen 71 Jahren immer noch in seiner Apotheke. Es war unglaublich, die älteren Brüder William Harveys lebten noch!

Ich rief sofort beide an und bat um einen Gesprächstermin. Ich erklärte ihnen, dass ich einen Bericht über ihren berühmten Vater schreiben wollte. Zuerst hatten die beiden alten Herren kein großes Interesse, aber als sie hörten, dass ich aus Deutschland kam, willigten sie ein. Warum, das sollte mir erst bei unserem Treffen klar werden.

Das Handy klingelte. Oh, ich hatte schon wieder Martin vergessen. Der arme Kerl tingelte hier schon die ganze Zeit durch Buenos Aires und statt eines wunderschönen Urlaubs stand er dauernd alleine da. Ich beschloss, das sofort zu ändern. Er sollte mir die schönsten Teile der Stadt zeigen, die besten Bars. Ich war wie berauscht von meinem Erfolg. Ich hatte die Geschichte von William Harvey verfolgt und war auf seine Brüder gestoßen. Ich war eine richtig gute Reporterin.

Der Rest des Tages verlief wie in einem Sommermärchen. Wir schlenderten durch den Stadtpark, gingen am Hafen spazieren, machten Station in den schönsten Cafés der Stadt, landeten in einer der schrägsten Kneipen und endeten schließlich leicht schwankend in unserem Hotelzimmer.

Der nächste Tag begrüßte mich mit einem immensen Kopfweh. Mit einer 600er Thomapyrin und einem starken Kaffee putschte ich mich soweit auf, dass ich dem Taxi noch sagen konnte, zu welcher Farmacia er mich fahren sollte.

Dort weckte mich die nächste Überraschung mehr auf als Medikamente und Kaffee. Die beiden alten Herren, die mich mit schütterem Haar begrüßten, waren superfreundlich und

48

luden mich sofort zu Kuchen und Gebäck ein, aber was mich verwunderte, war, dass sie weder ihrem Bruder noch ihrem Vater sehr ähnlich sahen. Harvey hatte braunes gewelltes Haar und blaue Augen gehabt und war etwa 1,75m gewesen. Beide Kinder hatten aber silbriges, glattes Haar und dunkle Augen. Sie waren für Argentinier relativ groß und hager. Was für eine Frau hatte Harvey gehabt? Hatte er zwei verschiedene Frauen gehabt?

Das Gespräch begann mit den üblichen Floskeln, wurde aber schnell von beiden Seiten forciert, als ich mit meinen Forschungen herausrückte.

"Wir hatten nie einen Bruder. Sie müssen sich irren," brach es aus Victor heraus.

"Sei ruhig und hör ihr zu", erwiderte Alberto, der Ältere von beiden.

Ich erzählte weiter, von dem Geld, das ihr Vater vermutlich nach Cusco geschickt hatte. Alberto nickte wissend.

"Er sagte, er habe es einer alten Frau geschickt, die sehr krank war und die er nie hatte heilen können. Das war kurz bevor er starb. Es war Teil seines letzten Willens. Er hat es noch aufgeschrieben, bevor er nach Brasilien ging."

„Ist ihr Vater dort gestorben?"

„Ja, er wurde im Dschungel von einer Giftschlange gebissen und starb noch an Ort und Stelle, ohne dass jemand etwas tun konnte. Der Dschungel kann mörderisch sein. Sie brachten ihn im Sarg zurück nach Buenos Aires und wir ließen ihn auf dem Recoleta Friedhof beerdigen. Das war im Sommer 1982. Aber hören Sie, von diesem Sohn wissen wir wirklich nichts. Unser Vater war unserer Mutter immer treu. Es hätte ihr oder uns doch auffallen müssen. Das ist nun wirklich Unsinn."

Ich zeigte ihnen ein Foto von William Harvey. Sie lachten. Diese Reaktion kannte ich bereits aus Peru.

„Señora, das ist doch kein Bruder von uns. Das ist unser Vater. Wo haben sie das Foto her?"

„Das Foto hat einen Hintergrund. Sehen sie: Das ist das Heidelberger Schloss in Deutschland. War ihr Vater einmal in Heidelberg?"

Sie kniffen die Augen zusammen, hielten das Bild gegen das Licht, neigten die Köpfe.

„Señora, vielleicht war unser Vater einmal in diesem Heidelberg. Er war ein paar Mal in Europa."

„Aber das Bild ist von 2021. Sehen Sie, da im Hintergrund, die Frau sieht auf ihr Handy. Ihr Vater ist 1982 gestorben. Gab es 1982 Handys?"

Die beiden älteren Herren schwiegen, sahen sich weiter genau das Foto an. Victor holte ein Vergrößerungsglas. Das Handy war klar und deutlich zu sehen.

"Ich verstehe das nicht. Ob das was mit dem Geld aus Deutschland zu tun hat?"

„Geld? Aus Deutschland?"

Jetzt verstand ich die Welt nicht mehr.

"Welches Geld?"

"Da ist gar nichts", ging Victor dazwischen, doch Alberto legte ihm die Hand aufs Knie und beschwichtigte ihn.

„Unser Vater war immer ein aufrechter Mann, sogar in den Zeiten der Diktatur und wir sind ebenso aufrecht. Beruhig dich Victor.

Sehen Sie, Señora Braun, wir reden nicht gern über Geld. Aber unsere Großeltern waren arme Leute. Unser Großvater kam mit einem Schiff aus Italien. Er hoffte auf das große Glück, aber er bekam als Einwanderer anfangs nur schlecht bezahlte schwere Arbeit im Hafen, musste die Frachtschiffe, die hier aus aller Welt ankamen, entladen und säubern. Unsere Großmutter war Bedienung in einer der Hafenkneipen. Sie hatten nicht mal genug Geld für einen Hochzeitsring. Das ändert sich erst Ende der 30er Jahre. Mein Großvater wurde zum Vorarbeiter auf der Werft, sie zogen in ein eigenes Haus und meine Großmutter blieb zu Hause. Als unser Großvater starb, kümmerte sich unsere Großmutter alleine um unseren Vater und später um uns. Wir haben uns oft gefragt, woher unsere Großeltern das Geld für das Haus und für das Studium unseres Vaters nahmen. Großvater meinte immer, er habe einem reichen Deutschen einmal das Leben gerettet und seitdem würde der ihm Geld schicken. Wissen Sie etwas von diesem reichen Deutschen?"

Jetzt war ich platt. Es gab eine Verbindung nach Deutschland? Die Eltern von William Harvey alias Alessandro Gonzalez Junior hatten Geld aus Deutschland bekommen? Der Kreis schloss sich wieder. Aber wie hing das alles zusammen?

Alessandro Senior hatte hier studiert, hatte zwei Söhne bekommen, die ihm nur entfernt ähnlich sahen, und einen Sohn mit einer Unbekannten, der ihm wie aus dem Gesicht geschnitten war. Diesen Sohn, der sich in Cuzco als Alessandro Gonzalez vorstellte, hatte er mit Geld ausgestattet nach Peru geschickt, weg von seiner Familie, damit die nichts von seinem Seitensprung erfuhr und eventuell auch, weil dieser durch die Militärs verfolgt wurde. Vielleicht hatte der Sohn auch nie Alessandro Gonzalez geheißen, sondern in Cusco nur den Namen seines Erzeugers genannt. Möglicherweise um den alten Professor doch noch an seinen Fehltritt zu erinnern? Darum konnte ich ihn auch nicht in den Studentenverzeichnissen finden.

Und die Geschichte wurde ja immer verrückter. Auch die Eltern von Alessandro Gonzalez Senior hatten Geld erhalten. Aus dem Deutschland der 30er oder 40er Jahre. Aus Hitlerdeutschland! Was war dort passiert? Hatte ihr Großvater, der, wie mir die beiden Enkel verrieten, Urbino Palazzo hieß, bevor er eine

Gabriela Gonzalez heiratete und Argentinier wurde, wirklich einem Deutschen das Leben gerettet? Hatte er vielleicht einen Juden vor den Nazis gerettet? Aber nein, dann wäre das Geld wohl nicht aus Deutschland gekommen, sondern aus der Schweiz. Wer hatte Alessandro Gonzalez Geld aus Nazideutschland geschickt und warum?

Ich erbot mich sofort, in Deutschland Nachforschungen anzustellen und ihr Familiengeheimnis zu lüften, und sie öffneten mir dafür bereitwillig ihre private Schatulle, ihre alten Fotoalben und Belege aus grauer Vorzeit. Es gab viele Bilder von ihren Großeltern, von ihrer Mutter, einer großgewachsenen blonden Argentinierin und von ihrem Vater, einmal mit Bart, einmal ohne Bart, als Zwanzigjähriger, als Familienvater, als Professor, aber leider kaum eines aus seiner Jugend. Die wenigen Fotos, die vorhanden waren, zeigten ihn nur von hinten oder verschwommen. Die Ähnlichkeit mit William Harvey war wirklich unglaublich, Alessandro hätte sein Klon oder sein Zwilling sein können. Klonen? 1982? Völlig unmöglich – da gab es die Klonkrieger noch nicht einmal in Science-Fiction-Filmen. Wann war das nochmal mit dem Klonschaf Dolly? Check im Handy: 1996, weit nach 1982. Aber warum hatte Alessandros jüngster Sohn alle seine Merkmale geerbt, die beiden älteren dagegen relativ wenige? Wer war die heimliche Geliebte?

"Mehr Fotos gibt es nicht, Señora Braun. Es war eine schlimme Zeit hier nach dem Krieg und unser Vater hat alle Fotos auf denen irgendetwas Politisches aus seiner Jugend war, sofort vernichtet. Die Rechten kämpften gegen die Linken und wenn mal gerade Ruhe war, putschten die Militärs, " erklärte mir Alberto. "Ein falsches Wort, ein Bild von einer Demonstration und du warst tot. Unsere Eltern waren sehr vorsichtig."

"Ihr Vater offensichtlich auch. Können Sie sich denn gar nicht vorstellen, dass er eine Beziehung gehabt haben könnte, gab es nicht den kleinsten Hinweis?"

„Nein, da müssen Sie sich nun wirklich täuschen. Er war ein beliebter Professor und die Studenten und Studentinnen mochten ihn, aber es gab da niemanden außer unserer Mutter."

"Darf ich die Fotos fotografieren? Ich möchte sie eventuell nach Deutschland mitnehmen. Die Familie Harvey würde sich über einen solch berühmten Doppelgänger sicher freuen."

Victor sah etwas missmutig drein, aber Alberto ließ mich eine halbe Stunde lang sein Familienalbum abfotografieren.

Ich war glücklich und verabschiedete mich herzlichst von den beiden und versprach noch einmal, ihnen alles über meine Nachforschungen zu ihrem Vater zu berichten.

Vor der Apotheke sah ich auf die Uhr. Typisch, ich war wieder mal zu spät. Aber Martin würde bestimmt auf mich warten. Ich hastete an einem schwarzen SUV vorbei zur U-Bahn.

Die beiden Männer im Fahrzeug blickten ihr nach. Der Jüngere von den beiden legte das Richtmikrofon vorsichtig auf die Rückbank.

„**Wir müssen etwas unternehmen!**"

„*Nein. Sie weiß nichts,* " erwiderte der Ältere.

„**Aber sie haben über Deutschland gesprochen.**"

„*Kein Grund nervös zu werden. Alle, die etwas wissen könnten, sind längst tot.* "

„**Nicht alle.**"

Der Ältere starrte den Jungen für einen Moment an. Dann begann er zu grinsen. *„Jetzt fahr schon los!"*

Natürlich war ich wieder eine ganze halbe Stunde zu spät. Martin hatte bereits seinen zweiten Kaffee getrunken und offensichtlich auch schon einen Kuchen gegessen.

„Es tut mir leid. Aber ich muss dir alles erzählen. Also die Brüder Gonzalez ..."

„Langsam, langsam, bevor du mich wieder mit deiner Story überfällst. Es gibt hier den absolut besten Kaffee Argentiniens und du schüttest ihn hinunter, als wäre er Wasser. Nicht so hektisch. Wir sind doch im Urlaub."

„O.k."

Ich zwang mich den Kaffee zu genießen, der auch wirklich sehr lecker war, aber ich musste meine Neuigkeiten unbedingt loswerden.

„Das wird eine Superstory. Und wehe mein Chef zwingt mich noch einmal einen Bericht über ein langweiliges Feuerwehrfest zu schreiben. Ich verkaufe die ausführliche Reportage an den Spiegel oder den Stern."

„Ich hoffe, du trägst nicht zu stark auf und behältst deinen Job."

„Wenn ich noch etwas über das Geld aus Deutschland herausfinde, ob da eventuell Geld der Nazis im Spiel war, dann nimmt das jede große Zeitschrift."

Mit einem Schlag blickten mich zwei traurige Augen an.

„Was ist los?"

„Du gehst zurück nach Deutschland. Und ich ... ich muss hier bleiben. Meine Arbeit am Observatorium ist auf drei Jahre angelegt."

54

„Und wenn schon. Drei Jahre sind keine Ewigkeit. Ich werde einfach Auslandskorrespondentin."

Es half nichts. Er hatte den Kopf gesenkt, sah mich nicht an.

„O.k. Ich weiß, ich habe nur noch diese Woche Urlaub. Aber wir bleiben zusammen und wenn uns die halbe Erde trennt. Ich komme dich besuchen und du kommst mich besuchen. Wir schaffen das. Es sei denn, du schnappst dir irgendeine hübsche Chilenin."

„Höchstens eine Außerirdische. So eine wie in „Avatar". Darunter geht nichts mehr."

Es sollte komisch wirken, aber er war immer noch geknickt.

„Martin, wir haben noch sechs Tage. Das werden die besten sechs Tage unseres Lebens werden."

Und das wurden sie auch. Wir cancelten den Flug nach Iguazú und blieben bis 12 Uhr nachmittags aneinander gekuschelt in den Betten, verbrachten die Tage am Strand und in den wunderbaren Cafés mit Criollitas und Medialunas, schlenderten durch den Parque Tres de Febrero und flanierten durch die riesige Avenida 9 de Julio, gingen in den Zoo und lachten über die watschelnden Pinguine. Nach fünf Tagen fühlten wir uns, als wären wir schon immer in Buenos Aires gewesen.

Und dann kam der Abschied. Ich musste nach Deutschland zurück und er rief in Chile an. Das Radioteleskop war wieder einsatzbereit und man wartete bereits auf ihn.

Aber wir beide beschlossen, dass es so nicht enden würde. Millionen Urlaub-bekanntschaften lösten sich in Nichts auf, aber wir würden uns nicht trennen. Niemals! Aber das sagten wahrscheinlich alle Urlaubsbekanntschaften.

Ich heulte, als ich ins Flugzeug stieg. Ich war so eine Heulsuse. Dabei redete ich mir immer ein, dass ich eine selbständige junge Frau war. Am liebsten hätte ich ihn sofort geheiratet und wäre bei ihm geblieben. Aber er würde in drei Jahren zurückkehren und ich würde auf ihn warten. Und er auf mich, so hoffte ich.

Die Reihe der seltsamen Vorkommnisse begann, als ich mich im Flugzeug endlich zwang, wieder an meine Arbeit zu denken und die Reportage in den Laptop hämmerte. Ich hatte mir gerade noch die Bilder aus dem Fotoalbum der Gonzalez angesehen, als der Bildschirm zu flackern anfing, die Bilder verschwammen und der Monitor erlosch.

Ich starrte vor mich hin. Hatte ich irgendeine falsche Taste gedrückt? Ich probierte alles. Doppelklick, Return-Taste, Funktionstasten, schließlich Aus-Taste und Neustart. Sinnlos. Der Bildschirm blieb schwarz. Der Akku war doch voll gewesen, das war doch nicht möglich. Etwas im Flugzeug, das störte? Ich blickte zur Frau neben mir. Sie sah sich an ihrem Laptop die CNN Nachrichten an. Irgendein Bericht über UFO-Sichtungen in den USA. Wahrscheinlich hatten die Außerirdischen meinen Laptop infiziert und ihrer lief noch, weil sie selbst eine Außerirdische war. Ich hatte entschieden zu viele Star Wars-Filme gesehen! Ach so eine Scheiße. Mein Laptop lief nicht!

Also gut, dann schreibe ich eben auf meinem Handy. Es war ja fast alles drauf, nur das Schreibprogramm war ätzend langsam. Also alles noch mal von vorne. Und es war wirklich das reine Dejá Vu. Sobald ich an die Stelle mit dem Interview der Gonzalez und den Fotos ihres Familienalbums kam, erlosch auch der Bildschirm meines Handys wie von Geisterhand. Scheiße, ich hatte mir irgendeinen üblen Computervirus eingefangen, den ich offensichtlich auch noch von meinem Handy auf meinen Laptop übertragen hatte oder umgekehrt. Und sobald man an eine bestimmte Stelle kam, löschte der Virus alle Daten.

O.k., alle Geräte aus und in Deutschland Gerd fragen. Mein Supernerd würde das wieder hinkriegen. Er hatte schon dreimal meinen abgestürzten Rechner wieder zum Laufen gebracht. Es war doch gu‚t mit einem Informatiker in der WG gelebt zu haben, auch wenn Gerd ab und zu doch anstrengend war und einen mit Dingen volllaberte, von denen man sowieso nichts verstand.

Aber was jetzt? Ich saß in diesem Flugzeug und hatte nichts, noch nicht einmal ein Buch. Und ich hatte Martins Nummer nicht mehr! Ich hatte meine ganze Reportage nicht mehr. Oh Gott! Alles umsonst! Ich heulte schon wieder und meine Nachbarin sah mich schon äußerst besorgt an.

„Is everything o.k.?"

„No, thanks. It's just that I've discovered that I have got a virus on my mobile phone and on my laptop."

"Oh, I'm so sorry. And all your data has gone? Were there many important things on it?"

„Eh, yes, …. especially the number of my boyfriend. "

"Oh, what a shame. But you can use my phone to find his number and call him. "

Sie gab mir bereitwillig ihr Smartphone. Zuerst wollte ich es zurückweisen, aber man sollte ja Freundlichkeit nicht zurückweisen. Also suchte ich auf ihrem Smartphone nach Observatorium Projekt, Chile, Deutschland, Teilnehmer.

Und da war er: „Dr. Martin Westphal, University of Munich."

Es gab kein Bild und keine Telefonnummer, aber ich hatte ihn gefunden. Alles war wieder gut. Dann gab es da noch eine Seite: „Martin Westphal, Astrophysik. ESO Europäische Organisation für astronomische Forschung in der südlichen Hemisphäre". Jetzt gab sogar ein Bild. Martin. Martin war noch da. Und selbst wenn der Virus fast alles gefressen hatte, Martin war noch da und seine Telefonnummer konnte man sicher über die Universität oder diese ESO herausfinden.

Ich gab der freundlichen Amerikanerin ihr Handy zurück und wir hatten noch stundenlang eine sehr nette Unterhaltung. Sie hatte am 85. Geburtstag ihres Opas in Buenos Aires teilgenommen und wollte jetzt nach Europa, wo sie sich mit ihrem Mann treffen würde, der für die amerikanische Botschaft in Berlin arbeitete. Leider gab es keinen Direktflug nach Berlin und so saß sie jetzt neben mir und wir radebrechten in Englisch, Deutsch und Spanisch. Für meine Sprachkenntnisse hatte der Urlaub durchaus etwas gebracht und Gerd würde meinen Laptop übers Wochenende auch wieder zum Laufen bringen.

Frankfurt war die übliche Katastrophe. Wie konnte man nur einen so riesigen Flughafen bauen? Man lief sich trotz der komischen Laufbänder die Hacken ab, bis man wieder herauskam und in den Zug nach Hause steigen konnte. Ich schaffte es am

Samstagnachmittag tatsächlich noch mit meinem Riesenrucksack bei Gerd in seinem kleinen Computershop in Heidelberg vorbeizuschneien und ihm meine beiden Sorgenkinder zu übergeben. Wie ich dann nach Hause kam, weiß ich eigentlich schon gar nicht mehr. Ich war völlig übermüdet. Ich fiel ins Bett und wachte tatsächlich erst am nächsten Tag um halb zwei auf. Der Rest des Tages verging mit Wäschewaschen, Müll entsorgen (es stand doch ausdrücklich „keine Werbung einwerfen" auf meinem Briefkasten, war der Briefträger Analphabet?), kleinen Gartenarbeiten, Zeitung lesen und Nachrichten schauen. Als Reporterin musste man ja wieder auf dem neuesten Stand sein. Aber viel verändert hatte sich scheinbar nicht in der Republik, die gleichen langweiligen Plattitüden der Politiker, die gleichen langweiligen Talkshows und Themen. Der Tag verabschiedete sich mit einem wunderschönen purpurfarbenen Sonnenuntergang und abends lag ich in meinem Bett und chattete noch lange mit Martin. Das Leben war herrlich. Der erste Arbeitstag konnte kommen.

„Was zum Teufel hast du dir da eingefangen?", war Gerds Reaktion, als ich am Montagfrüh noch vor der Redaktionssitzung bei ihm vorbeikam, um meinen Laptop wieder abzuholen.

„Geht er nicht?", war die typische Antwort eines komplett Ahnungslosen, die jeden echten Computerfreak zur Weißglut bringen konnte.

„Nein! Er geht nicht! Da ist kein Trojaner drauf, da ist kein sonst wie verstecktes Programm, da ist nur noch Datensalat auf deinem Laptop. Den kann kein Mensch mehr lesen. Ich habe Olli (einen SupersuperNerd) gefragt, der hat sich das Ding angesehen und gesagt, das hat sich irgend so ein Crackbrain in

China oder Russland ausgedacht und er möchte nicht, dass du ihm irgendetwas davon zuschickst."

„Scheiße. Meine ganzen Berichte, meine ganzen Fotos."

„Sorry, nichts mehr zu machen."

Ich war verzweifelt.

„Und das Handy?"

„Gleiche Chose. Gleicher Virus. Kauf dir ein Neues. Tut mir echt leid."

Ich war am Boden zerstört. Mein schöner Bericht. Meine Fotos. Meine Reportage. Meine ganzen Kontakte. Ich musste gleich in die Redaktion. Und dann wieder zu einem langweiligen Feuerwehrfest oder zum Kleingärtnerverein. Oh mein Gott!

„Warum hast du deine Daten denn auch nicht in die Cloud geladen? Ich hab' dir doch schon so oft gesagt, du sollst dir die Cloudomatik runterladen. Das ist so ein tolles Programm."

„Aber das habe ich doch!"

„Na dann ist doch gar nichts passiert. Deine Daten sind in der Cloud."

„Und sobald ich sie herunterlade, sind sie weg."

„Also ich glaube, nicht einmal ein chinesisches Superbrain knackt die Verschlüsselung der Cloud. Die Cloud hat mittlerweile den besten Virenfilter der Welt. Die Daten dürften sicher und sauber sein. Ich lösch' dir den ganzen Salat hier herunter und du holst dir deine Daten aus der Cloud. Für das Handy brauchst du allerdings eine neue Sim-card. Kauf dir lieber gleich ein neues, deines ist eh aus der Urzeit."

Ich war gerettet. Meine Daten waren noch da. Ich ging in den nächsten Elektroladen und holte mir ein neues Handy. „Aus der Urzeit", also die Urzeit war vier Jahre her. Was hätte wohl mein Geschichtslehrer dazu gesagt? Diese Computerfreaks hatten eine völlig andere Vorstellung von Zeit. Wahrscheinlich war mein neues Handy nächste Woche schon wieder veraltet. Egal. Meine Daten waren noch da. Meine Bilder von Martin und mir. Die Welt war immer noch schön.

Er wartete bereits draußen vor dem Observatorium auf ihn. Es war vorauszusehen gewesen, die logische Konsequenz, die einen traf, wenn man nicht tat, was man tun sollte.

„Das war nicht, wie wir es geplant hatten!"

„Ich weiß. Aber ich liebe sie."

„Du bist dir deiner Sache ganz sicher?

„Ja, sie ist wundervoll. Sie ist intelligent, sie ist witzig und sie ist klug. Sie ist die Frau meines Lebens."

„Du weißt, dass du nur einmal im Leben diese Chance bekommst."

„Ich weiß. Ich werde trotzdem den Antrag stellen."

„Du bist verliebt und du stellst deinen Antrag völlig ohne Not. Unsere Leute arbeiten an der Sache und versuchen, alles wieder geradezubiegen."

„Ich weiß. Aber ich werde sie sonst die nächsten paar Jahre kaum sehen."

„Du weißt, wie wenig mir die Jahre bedeuten. Wenn du sie liebst, kannst du deinen Antrag noch in fünf Jahren stellen. Du bist noch so jung. Du hast alles noch vor dir."

„Du hast Recht. Ich bin jung und du bist alt, sehr alt. Aber du warst auch einmal jung und du hast dich auch entschieden."

„Das waren andere Zeiten.

„Ja, und jetzt sind auch andere Zeiten."

„Das stimmt. Hast du die Nachrichten gesehen?"

„Ja. Ja, verdammt noch mal."

„Dann weißt du, dass wir in einer verdammt schwierigen Phase stecken."

„Das ist mir egal. Ich werde den Antrag stellen."

„Dir ist nicht zu helfen. Du musst wissen, was du tust, Martin."

Die Welt war doch nicht so schön wie gedacht. Da komme ich mit einer wirklich tollen Story in die Redaktion meiner nicht ganz so heißgeliebten Heimatzeitung und werde gleich mal übelst angefaucht, was mir da einfällt, zu spät zu kommen. Zehn Minuten Verspätung, weil die blöde Straßenbahn nicht rechtzeitig kam. Aber ich war eben wieder in Deutschland. Und da gibt es keine Gnade für Zuspätkommer, sondern den sofortigen Anpfiff vom Chefredakteur. Norbert war im Prinzip kein schlechter Kerl, aber er hatte offensichtlich die letzten Tage etwas wenig Schlaf gehabt und war dementsprechend mies gelaunt.

„Ach, Fräulein Prinzesschen ist wieder zurück vom Traumurlaub auf den Malediven und hat sich am Strand mit irgendwelchen Baywatchern vergnügt, während wir Idioten hier schuften und auf sie warten."

„O.k., o.k. ich bin ja wieder da, um endlich den Feuerwehrkommandanten von Hintertupfingshausen nach seinem Lieblingsrezept zu fragen."

„Gut, der Job ist frei, Prinzesschen."

„Jetzt mal im Ernst. Ich habe eine super Story aus dem Urlaub mitgebracht."

„Du hast ein UFO gesehen!"

„Nein. Quatsch. Aber ich war in Peru und …"

„Jaja, das dunkle Peru aus Paddington der Bär."

„Ja, ja, ist ja schon gut. Also ich war bei der Mutter von Professor Harvey. Und jetzt halt dich fest. Er heißt gar nicht William Harvey, sondern Alessandro Gonzalez und ist unter falschen Namen damals an die Uni in Lima gegangen und er ist eigentlich Argentinier und hat zwei Brüder, die aber wiederum nichts von ihm wussten. Und sein echter Vater war in Buenos Aires ein berühmter Professor ..."

„O.k., o.k., mal schön langsam. Und was hat das alles mit den UFOs zu tun?"

„Was willst du denn dauernd mit deinen blöden UFOs?"

„Hör mal. Auch wenn du aus Peru, aus dem Amazonasurwald oder sonst woher kommst. Die Leute haben in den USA UFOs gesehen und ziemlich gute Fotos gemacht und jetzt behaupten die Leute hier, auch UFOs gesehen zu haben."

„Aber das ist doch nur die typische Sommerente. Die UFO-Geschichten kommen alle paar Jahre wieder, genau wie die Kornkreise, Stonehenge, Nessie, der Yeti und der ganze sonstige Quatsch. Das ist doch alles kalter Kaffee."

„Ja, aber die Leser lieben diesen Kaffee und wollen mehr über diesen Kaffee wissen".

„Und wenn ich dir erzähle, dass der alte Harvey Verbindungen zu Nazi-Deutschland hatte, sein Vater angeblich einen Deutschen vor dem Tod gerettet hat und dann aus Nazi-Deutschland Geld erhielt?"

„Hm, Nazis verkaufen sich immer noch ganz gut und der UFO-Hype hält wahrscheinlich nicht lange an. Bleib dran und gib mir bis morgen eine Kurzzusammenfassung. Aber für heute hätte ich noch einen wichtigen Job für dich."

„Was?"

„Ein Interview mit dem Betreiber der Sternwarte auf dem Königstuhl."

„Das meinst du nicht ernst. Über die UFOs?"

„Was dachtest du denn?"

„Ich hasse dich!"

„Tust du nicht. Du darfst an deiner Nazi-Geschichte arbeiten, aber der Typ wartet um zwölf auf Andreas und der ist krank. Also fahr hoch und quetsch den Typen über alles aus, was er über UFOS, Aliens oder sonst was weiß."

„Oh Scheiße!"

„Nein, das war die falsche Uhrzeit. Das Interview ist um 12 Uhr. Also setz dich in die Straßenbahn, in den Bus oder lauf, aber überleg dir unterwegs, was du diesen Professor Jensen fragen willst. Hier sind die Fragen, die Andreas ihm stellen wollte. Er hat sie per mail geschickt."

Ich stöhnte, sah in sein grinsendes Gesicht, nahm die Papiere und ging. Ein Interview mit einem Astronomen, na super. Ich hätte ihm ja von Martin erzählen können. Ich ... Ich rannte zurück.

„Norbert?

„Du warst aber schnell."

„Quatsch. Willst du lieber ein Interview mit einem Astronomen, der am besten Radioteleskop der Welt arbeitet?"

„Wen hast du denn da als Kontakt?"

„Eine Urlaubsbekanntschaft. Ein deutscher Astronom, der am Extra Large Telescope in Chile arbeitet und seine Meinung über UFOs?"

„Klingt gut. Kriegst du's bis Redaktionsschluss hin?"

„Keine Ahnung. Im Moment ist dort Nacht."

„Astronomen arbeiten doch in der Nacht."

„Ich werde es probieren."

„Und wenn nicht?"

Ich machte eine Pause. Mir fiel nichts mehr ein.

„Keine Ahnung."

„Deinen Superastronomen oder das Interview."

„O.k."

Ich ging raus und zückte mein Handy. Keiner nahm ab. Nochmal. Nichts.

„Mann! Komm schon, geh ran!"

Norbert kam hinter mir aus der Tür.

„Und? Königstuhl?"

„Scheiße. Ja, ja, ich geh ja schon." Ich lief zur Bergbahn und versuchte natürlich ständig unterwegs Martin zu erreichen. Warum ging er nicht einfach ran?

„Heidelberger Schloss. Nächste Station Königstuhl".

O.k., es half nichts. Martin rührte sich einfach nicht. Auf zum Interview.

Die Sternwarte war geschlossen, aber natürlich hatte Norbert schon angerufen und ein älterer Herr namens Jensen, der wie Prof. Lesch aus „Leschs Kosmos" aussah, ließ mich hinein. Die Station war wahrscheinlich ein Witz gegen das Radioteleskop Martins, aber was sollte es. Immerhin kam ich mal in eine Sternwarte. Allerdings ließ mich dieser Dr. Jensen erst mal an einem silberfarbenen Klapptisch mit Blechstühlen Platz nehmen. So stellte ich mir fortgeschrittene Technik ja nicht unbedingt vor. Immerhin brachte er mir einen ordentlich starken Kaffee aus seiner endlos vor sich hin brodelnden Kaffeemaschine.

„So Fräulein Braun, was wollen Sie denn nun wissen?"

Wer in Deutschland sagte denn noch ‚Fräulein'? Der Typ war ja vollkommen antiquiert.

„Herr Professor Jensen. Was halten sie denn von den UFO-Sichtungen, über die die Leute reden?"

„Nichts."

„Warum? Die Leute haben sie doch gesehen, haben sie fotografiert."

„Die Leute sehen Wetterballons, ein Militärflugzeug oder ein Polarlicht und meinen, sie haben ein UFO gesehen. Vielleicht probieren die Amerikaner auch mal wieder ein neues Stealthflugzeug aus, aber nein, keine Außerirdischen."

„Wieso sind Sie sich da so sicher? Glauben Sie nicht an Außerirdische?

„Das habe ich nicht gesagt. Ich halte es durchaus für möglich, dass Leben auf anderen Planeten existiert. Wir haben mittlerweile eine ganze Reihe von Exoplaneten entdeckt, auf denen Leben möglich erscheint. Leider können wir mit unserem Teleskop hier diese Planeten kaum sehen, selbst der Planet in unserem Nachbarsystem leuchtet zu schwach, aber wir erhalten natürlich auch die Bilder anderer, größerer Stationen und werten sie aus."

„Und die Bilder der größeren Teleskope zeigen keine Ufos?"

Jensen lachte leicht in sich hinein.

„Natürlich nicht. Ein Raumschiff wäre viel zu winzig und zu leuchtschwach, als dass man es erkennen würde, bevor es nicht mindestens auf der Mondumlaufbahn wäre, und selbst dann wäre es, wie eine Stecknadel im Heuhaufen zu suchen."

„Aber wenn es doch Außerirdische geben kann, warum glauben Sie denn dann nicht an die Sichtungen?"

„Nun ja, man kann ja heutzutage nicht mehr verlangen, dass man in der Schule irgendetwas Vernünftiges über Entfernungen lernt. Das nächste Sonnensystem, Alpha Centauri, ist 4,3 Lichtjahre entfernt, das heißt ca. 40 Billionen Kilometer. Voyager, das ist unsere weitest entfernte Sonde, die mit einer Wahnsinnsgeschwindigkeit von mehr als 60 000 km pro Stunde durch den Weltraum jagt, erreicht Alpha Centauri in ca. 70 000 Jahren.

Die Entfernungen zwischen den Sonnensystemen sind so riesig, dass sich der Normalbürger das kaum vorstellen kann."

„Aber die Außerirdischen könnten ja schneller fliegen als wir, könnten mit Lichtgeschwindigkeit fliegen."

„Dann wären sie tot, denn bei Lichtgeschwindigkeit ist Materie gleich Energie. Einsteins Gesetze gelten immer noch, auch wenn manche Phantasten das nicht wahrhaben wollen."

„Und etwas langsamer als Lichtgeschwindigkeit?"

„Man bräuchte enorme Energiemengen. Außerdem verginge die Zeit für die Besatzung viel schneller als auf ihrem Heimatplaneten. Damit spielen ja diese ganzen verrückten Science-Fiction- Filme. Sie würden erst nach Hunderten oder Tausenden von Jahren nach Hause kommen und niemand würde sie mehr erkennen. Sie wären jemand, der die ganze moderne Welt nicht mehr versteht. Können Sie sich vorstellen, dass sich das irgendjemand antut? Nein, die riesigen Entfernungen verhindern eigentlich die Kontakte zwischen verschiedenen Sonnensystemen."

„Also sind UFO- Landungen völlig unmöglich?"

„Nichts ist völlig unmöglich. Aber es ist so unwahrscheinlich, dass man an Einbildung denken muss. Die Leute schauen einfach zu viele Star Wars Filme. Zugegeben, das sind zum Teil sehr schön gemachte Filme, die ich mir als Kind auch gerne angesehen habe, aber eigentlich nur moderne Märchen. Wenn wir wirklich mal Besuch bekämen, dann wohl von einer Sonde, die vor hunderttausenden von Jahren auf einem fernen Planeten gestartet wurde. Aber wie gesagt, selbst das ist sehr unwahrscheinlich.

Aber vielleicht erzähle ich erst mal ein bisschen was über unsere Sternwarte …"

Die nächsten 10 Minuten waren wahrscheinlich sein Standardvortrag für Besucher seines Observatoriums. Ich durfte sein tolles Teleskop mal ansehen, aber nicht mehr. Schließlich war es Zeit, mich zu verabschieden.

„Vielen Dank für das sehr interessante Gespräch, Herr Dr. Jensen."

Na, das konnte ja ein schön langweiliger Bericht werden. Ich würde ihn etwas aufpeppen müssen, vielleicht mit einem Foto von dieser Sonde, dieser Voyager, und einem Foto von unserer Sternwarte. Vielleicht noch ein Foto von einem Star Wars Film?

Ich war kaum draußen, als mein Handy klingelte.

„Martin. Ich habe die ganze Zeit versucht, dich zu erreichen."

„Tut mir leid. Wir haben einen traumhaft klaren Himmel und wir haben tolle Bilder vom Sirius gemacht Sieht aus, als hätte er auch Planeten. Ich konnte nicht einfach weg. Was war denn so Dringendes? Es klang ja ganz wichtig."

„Ja, ich muss eine Reportage über die UFOs machen, die die Leute angeblich überall sehen, und wollte dich dazu befragen. Und da du nicht rangegangen bist, musste ich jetzt den Leiter unserer örtlichen Sternwarte interviewen. Du wärst mir in jedem Fall lieber gewesen."

„Na, das hoffe ich doch."

„Ja, natürlich. Aber der Leiter war auch ganz nett."

„Vergiss es. Ich werde nicht eifersüchtig."

„Wirklich nicht? O.k., vergiss es. Er war alt und langweilig. Aber mal im Ernst: Ist an der Geschichte mit den UFOs irgendetwas dran?"

„Oh Gott, nein. Die Leute bilden sich das doch nur ein. Das ist doch Quatsch."

„O.k. Die Antwort habe ich heute schon mal gehört."

„Was anderes wirst du auch von keinem ernsthaften Wissenschaftler hören. Allerdings ..."

„Was allerdings?"

„Du könntest ja schreiben, dass im Moment Sirius so toll zu sehen ist und schon die alten Ägypter die Schächte über den Grabkammern zum Sirius ausrichteten, damit die Göttin Sopeth sie auf die Reise in den Himmel mitnahm."

„Was?"

„OK, es stimmt zwar, aber es ist vielleicht doch zu weit hergeholt. Warte, schreib doch einfach, dass die Linien von Nazca schon lange auf die Landung der Außerirdischen warten und häng ein Bild von Erich von Däniken dazu."

„Das klingt schon besser. Hm, das ist wirklich gut. Und ihr habt wirklich gar keine UFOS zu vermelden?"

„Haha, nein. Unbekannte Sonnensysteme schon eher. Aber man weiß ja nie, es gibt wirklich Dinge, die widersprechen jeglicher physikalischen Vernunft, z.B. wenn man der der String-Theorie folgt, dann müsste man ja auch variable Naturkonstanten haben. Variable Naturkonstanten! Einfach verrückt. Oder die Vakuumsfluktationen. Aus dem Nichts entstehen Teilchen und verschwinden wieder. Wenn man nur noch näher an den Urknall herankönnte, ..."

„Martin ...!"

„Oh, Entschuldigung, manchmal reißt mich die Physik so ein bisschen mit. Wie hat dir denn das Observatorium in deinem Heidelberg gefallen?"

„Naja, ich durfte ja nicht mal durch das Teleskop schauen."

„Also bei mir dürftest du das sofort. Ich würde dich einfach als Chefingenieurin von Siemens vorstellen, die dürfen hier wirklich alles. Oder als meine Chefin von der ESA aus Deutschland..."

Ich war froh, Martin wieder zu hören, aber für meinen Artikel sprang nicht viel mehr heraus. Ein paar Zahlen mehr, die man einfließen lassen konnte, aber nichts, was man unseren Lesern als Sensation verkaufen konnte. Ich fuhr nach Hause und setzte mich an den Computer. Bis zum Redaktionsschluss war das Ding fertig und in der Mail und ich todmüde.

Am nächsten Tag wurde ich wegen meines Artikels tatsächlich gelobt. „Und sogar die Meinung eines Astronomen am besten Teleskop der Welt eingeholt. Sehr schön. Und mal ein Foto von den Nazca-Linien statt der unscharfen UFO-Bilder".

Norbert war zufrieden.

„Darf ich jetzt meinen Artikel über Harvey schreiben?"

„O.k. Und was hat diese Harveys jetzt noch mal mit den Nazis zu tun?"

„O.k. Pass auf, das ist eine lange Geschichte. Ich versuche es mal in Kurzform. William Harvey hieß in Wirklichkeit Alessandro Gonzalez und hat die Identität eines bei einem Autounfall gestorbenen Jungen angenommen. Er war eigentlich gar kein Peruaner, sondern Argentinier, unehelicher Sohn eines berühmten Professors dort. Die Familie des Professors war eigentlich arm, aber sie bekam Geld für das Studium ihres Sohnes aus Nazi-Deutschland."

„Das Geld für das Studium von William Harvey kam aus Nazi-Deutschland?"

„Nein, das Geld für das Studium seines Vaters."

„Ein bisschen weit weg von unserem Professor Harvey oder wie immer er hieß. Und von wem genau kam das Geld?"

„Das weiß ich nicht."

„Schade. Könnte 'ne Story draus werden. So bleiben wir halt bei der erschwindelten Identität: Gibt es dafür Belege?"

„Es gibt sogar eine Zeugin, das ehemalige Kindermädchen der Harveys."

„Und was ist mit den Verwandten? Mutter, Vater, Ehefrau, Kinder..."

„Der Vater ist tot und die Mutter ist leicht verrückt und will mit niemandem mehr reden."

„Ehefrau, Kinder?"

„Habe ich noch nicht gefragt."

„Setzen, Sechs, Fräulein Braun. Der Artikel geht nicht raus ohne eine Nachfrage bei der Familie. Wenn wir etwas über unseren ehrenwerten Professor bringen, ohne die Familie gefragt zu haben, kriegen wir am nächsten Tag einen wunderschönen Brief von ihrem Anwalt."

Ich fühlte mich ertappt. Typischer Anfängerfehler. Erst alle Quellen ausschöpfen, alles recherchieren, dann erst in die Redaktion.

„O.K., o.k. Ich gehe ja schon und mache einen Termin."

Die Witwe Harvey war zwar ziemlich verwundert, als ich ein Interview mit ihr wollte, mit ihr über ihren Mann sprechen wollte, drei Wochen nach seinem Begräbnis. Aber irgendwie hatte ich wohl den richtigen Ton getroffen und saß tatsächlich schon vier Stunden später in einem geschmackvoll eingerichteten Wohnzimmer in einer riesigen Villa am Philosophenweg, blickte über die roten Ziegeldächer der Altstadt auf die Alte Brücke und den Neckar und nippte Tee aus einer vermutlich ziemlich teuren Porzellantasse.

Alexandra Harvey war Lektorin am Romanistischen Seminar gewesen, als sie Harvey kennenlernte und sie sich beide für eine Partnerschaft mit Iquitos stark machten. Sie heirateten, die Ehe blieb kinderlos, aber sie adoptierten zwei Flüchtlingskinder, die dann in Heidelberg studierten. Jetzt saß die große schlanke Fünfzigerin in einem schwarzen Kleid und mit übereinandergeschlagenen Beinen vor mir. Sie hatte sich in ihrem Rattansessel zurückgelehnt, und sah mich herausfordernd an.

„Also was genau wollten sie nun über meinen Mann wissen?"

„Oh, alles was Sie von ihm wissen aus seiner Zeit vor dem Studium."

„Aus der Zeit vor seinem Studium? Aber da kannte ich ihn doch noch gar nicht. Und wozu?"

Sie war zu reserviert, um mir irgendwelche Informationen zu geben. Ich kannte solche Fälle. Ich beschloss, mit offenen Karten zu spielen.

„Wissen Sie, ich hatte zufälligerweise eine Reise nach Peru gebucht und das Leben Ihres Mannes war sehr ungewöhnlich und da hat es mich interessiert, aus welchen Verhältnissen er stammte, was die Leute dort noch von ihm wissen. Ich weiß, ich hätte erst Sie fragen müssen, aber die Idee kam mir erst auf der Reise. (Gut, kleine Notlügen waren erlaubt). Auf jeden Fall kann ich Ihnen sagen, dass die Leute in der Universität von Lima ihn nicht vergessen haben und immer noch stolz auf ihn sind. Ich habe auch seine Mutter getroffen, aber sie wollte nicht mit mir reden. Sie ist noch recht rüstig für ihr Alter. Wissen Sie, warum sie nicht zur Beerdigung gekommen ist?"

Die Haltung der Witwe entspannte sich sichtlich. Es ging offensichtlich nicht um sie selbst, sondern um Williams Mutter.

„Nein. Und dabei haben wir ihr doch angeboten, den Flug zu bezahlen. Aber ich glaube, sie hat Willi nie wirklich geliebt. Dabei hat er ihr jeden Monat geschrieben und ihr Geld geschickt. Die Arme hatte ja gar nichts, keine Rente, gar nichts.

Aber seit dem Tod ihres Mannes hat sie Willi nicht mehr zurückgeschrieben."

„Was hat er Ihnen denn von seinem Leben in Cuzco erzählt?"

„Nicht viel. Dass er mit seinen Eltern dort in einem kleinen Haus gelebt hat und seine Eltern so ein paar verrückte Hippies waren, er aber nicht so werden wollte wie sie und deswegen in der Schule viel gelernt hat. Es war wohl ein sehr schwieriges Verhältnis."

„Hat er etwas von seinen Freunden dort erzählt?"

„Wenig, irgendwelche Jugendstreiche. Da war ein Alessandro aus seiner Klasse, mit dem er viel Quatsch gemacht hat. Und ein José. Die Freundschaft ging aber auseinander, als José zu viel getrunken hatte und Alessandro deswegen bei einem Unfall gestorben ist."

Alessandro war gestorben. Das war ja höchst interessant.

„Na ja, er erzählte ja nie viel von seiner Jugendzeit. Ich glaube, das mit diesem Alessandro hat ihn schon sehr belastet. Er hat auch nie viel getrunken, also ja, mal ein Bier oder mal ein Glas Wein, aber ich habe meinen Mann nie betrunken gesehen."

„Alessandro klingt so nach Argentinien. War Ihr Mann mal in Argentinien?"

„Argentinien? Nein, halt, doch, ja er war mal auf einem Kongress dort. Aber wie kommen Sie denn jetzt darauf?"

„Na, es könnte ja sein, dass er sich um die Familie von seinem Freund Alessandro gekümmert hat."

„Davon weiß ich nichts. Nein, das war …, warten Sie mal. Das ist noch im Fotoalbum. … Sehen Sie, da ist er mit seinen Freunden vom Esperanto-Club in Buenos Aires."

„Esperanto-Club?"

„Ja. Das war so ein Hobby von ihm. Im letzten Jahrhundert gab es die Idee, eine Sprache zu entwickeln, mit der man sich in ganz Europa unterhalten konnte, die aber nicht Spanisch,

Französisch, Deutsch oder Englisch war, sondern ein künstliches Gemisch aus allen. Angeblich leicht zu lernen. Und manche Leute auf der Welt, hauptsächlich Akademiker, haben Esperanto gelernt. Es klingt ganz komisch, muss ich sagen, man versteht viel und doch nicht alles. Ab und zu hat er sich mit so ein paar Freunden von seinem Club getroffen, sie haben das dann „Kongress" genannt und sich dann auf Esperanto unterhalten. Schauen Sie mal, wie glücklich er da war. Und dann so einfach im Meer zu ertrinken."

Sie begann zu schluchzen: Ich zerrte ein Taschentuch aus meiner Handtasche und hielt es ihr hin. Ich fühlte mich irgendwie mies.

„Entschuldigung ich wollte Sie wirklich nicht quälen."

„Nein, nein, es ist schon gut."

„Ich wollte sowieso schon gehen. Könnte ich vielleicht noch ein Foto von dem Treffen in Argentinien machen?"

„Natürlich."

Ich schoss das Foto, stand auf, verabschiedete mich und ging zur Tür. Ich drehte mich zur Treppe und stieß prompt mit einer jüngeren dunkelhaarigen Frau zusammen, die gerade den Treppenabsatz erreicht hatte. Ein paar Blätter fielen aus ihren mit Akten beschwerten Armen.

„Oh, Entschuldigung".

Ich bückte mich, um die Blätter aufzuheben.

„Danke schön. Sie können ja nichts dafür," erwiderte sie lächelnd.

Ich musterte sie im Schnelldurchgang: Faltenrock, Bluse, lange gewellte Haare zu einem Dutt zusammengebunden, kaum Makeup. Irgendwo zwischen 30 und 40. Eine Angestellte?

Frau Harvey erschien noch einmal in der Tür.

„Was ist passiert?"

„Ach nichts. Wir sind nur zusammengestoßen".

Die Frau reagierte schneller als ich. Wir hatten im Nu die Blätter aufgelesen, irgendwelche Skizzen. Ich erkannte DNA-Sequenzen, diese ewigen Abfolgen von A, T, G und C.

„Frau Braun, das ist übrigens Frau Dr. Kreuzer, die rechte Hand meines Mannes. Und eventuell seine Nachfolgerin."

„Aber Frau Harvey. Darüber entscheidet doch die Uni. Das Wichtige ist doch nur, dass seine Arbeit fortgesetzt wird und wer das macht, ist nicht so entscheidend."

„Clever", dachte ich bei mir. So schmiert man Leuten Honig ums Maul. Ich hatte keine Ahnung, ob Frau Harvey bei der Vergabe des Postens mitzureden hatte. Wahrscheinlich nicht, aber mit der Art würde diese Dr. Kreuzer bestimmt das Uni-Gremium überzeugen. Was wollte sie wohl mit den Akten? Sich an Harveys geistigem Eigentum bereichern?

Warum verdächtigte ich eigentlich diese Frau? Weil sie eine hübsche Frau Doktor war und ich es nur zur Lokalreporterin geschafft hatte? Oder warum sie mir so auffällig zulächelte und mich so komisch begutachtete?

„Frau Kreuzer, das ist Frau Braun, von der Zeitung."

„Sehr erfreut. Ach, haben Sie nicht den Artikel über seinen Tod geschrieben?"

„Ja, sehr tragisch. Es ging mir auch sehr nahe."

Ich hoffte, ich wurde bei der Lüge nicht rot.

Eine peinliche Stille trat ein.

„Frau Harvey, kann ich diese Akten mit in die Uni nehmen?"

„Natürlich, Frau Kreuzer, nehmen Sie, was Sie brauchen."

„Danke. Wissen Sie, Sie haben ja gerade Besuch, aber ich habe da noch ein paar Fragen ..."

Das war mein Einsatz. „Ich wollte eh gerade gehen. Nochmals vielen Dank, Frau Harvey."

Ich begann das Treppenhaus hinabzusteigen.

„Kommen Sie, Frau Kreuzer. Kommen Sie herein."

Die Tür schloss sich hinter den beiden.

Irgendetwas gefiel mir nicht an dieser Frau Kreuzer. Sie war nett, hatte sich sogar meinen Namen gemerkt. Aber wer merkt sich eigentlich die Namen der Reporter, die die ganzen Geschichten in den Medien schreiben? Und warum hatte sie mich so komisch angesehen? War sie lesbisch? Gehörte sie einer Geheimorganisation an, die mich überwachte?

Was hätte Martin gesagt? „Du hast echt eine blühende Phantasie, Marisa."

O.k. Durchatmen. Draußen vor der Villa war es herbstlich kalt. Es war Abend geworden. Also, Alessandro hatte auch in seiner Familie nie seine wahre Identität preisgegeben. Nicht einmal seiner Frau hatte er etwas gesagt. Warum nicht? Wollte er seine Familie schützen? Wäre er verfolgt worden? Warum hatte ihn sein Vater verleugnet und ihn nach Peru geschickt? Warum hatte sein Vater Geld aus Nazi-Deutschland erhalten? Viele Fragen, aber keine Antworten.

Nazi-Deutschland. Vom Philosophenweg führte ein kleiner gewundener Pfad hoch zum Heidenloch und stieß dann auf den Waldweg zur Thingstätte, einem Freilichttheater der Nazis, eingeweiht von Joseph Goebbels, dem Reichspropagandaminister persönlich. Dieser gemeingefährliche Irre hatte wie ich hier Germanistik studiert und meine Freunde zu Hause hatten mich manchmal damit aufgezogen, was ich gar nicht lustig fand.

Ich begann unwillkürlich zu grinsen. Uns hatte das Amphitheater zu Studentenzeiten immer nur zu einem tollen Hexensabbat gelockt. In der Walpurgisnacht machte sich gefühlt die halbe Heidelberger Studentenschaft mit Taschenlampen bewaffnet auf durch den dunklen Wald nach oben. Scharen von merkwürdigen Gestalten wanderten zur Thingstätte, zum Hexentanz. Es gab dort oben tatsächlich Tanz, natürlich mit Musik von irgendwelchen Bluetooth-Boxen, aber da waren echte Feuerschlucker und Jongleure und irgendwelche Leute in abgefahrenen Kostümen. Und jede Menge Alkohol. Alkohol und coole Jungs...

Tja, und irgendwann ist die schöne Studentenzeit vorbei und man hatte Artikel zu schreiben. Sie kam nicht recht voran. Vielleicht hätte sie in Buenos Aires besser nachforschen sollen. Aber Alessandros Brüder wussten ja offensichtlich gar nichts von ihrem Halbbruder. Und über das Geld aus Deutschland wussten sie auch nicht viel.

Ihr Artikel würde mehr Fragen aufwerfen als beantworten und sie befürchtete, dass Norbert ihr den Vogel zeigen würde. Der Artikel wurde abends zehn Mal umgeschrieben, dann reichte sie ihn an die Redaktion weiter.

„Sie weiß nichts."
„Sie war bei seiner Frau."
„Ja, aber die weiß auch nichts."
„Und das Foto?
„Keine Gefahr. Seine Tochter war damals nicht dabei."
„Etwas bei den Akten?"
„Nichts. Er hat nichts zurückgelassen."
„Also wie immer. "

„Ja. Könnte einfach im Sand verlaufen. Aber wir bleiben wachsam."

Der nächste Morgen in der Redaktion verlief fast schon wie erwartet. Ich wurde zu Norbert zitiert.

„Also Marisa, tut mir leid, aber so geht das Ding nicht raus. Du ziehst unseren ehrenwerten Professor in den Schmutz der Nazis und du hast außer den Aussagen eines alten peruanischen Kindermädchens und der Ähnlichkeit eines Allessandro Gonzalez mit Professor Harvey nichts aber auch gar nichts in der Hand. Wir mögen ein kleines Blatt sein, das auch mal Klatsch und Tratsch bringt, aber nein, so was Freischwebendes voller Vermutungen, so was drucken wir nicht."

Ich hatte es fast schon geahnt. Mein großer Traum von der spannenden Reportage, vom Aufstieg in die höheren Sphären und Gehälter der Reporterliga war zerplatzt. Und ich hatte mir doch solche Mühe gegeben. Und dann kam auch noch der K.O.-Schlag hinterher.

„Hör zu, in Weinheim ist morgen wieder Weinlagenwanderung. Du warst doch letztes Jahr schon dort. Mach einen netten kleinen Bericht. Und schreib nicht so viel über die Betrunkenen dort, sondern über die verschiedenen Weinsorten. Ich erinnere mich da an ein paar ziemlich üble Lesermails vom letzten Jahr."

Da war ich wieder. Feuerwehrfeste, Kleingärtnerverein, Weinfeste, Kindergarteneinweihung. Da gehörte ich hin, nicht in die Kategorie „Wallraff klärt auf" oder „Reporter ohne Grenzen".

Ich war so deprimiert, dass ich mich in das nächste Café setzte und mir vormittags ein Bier bestellte. Die Augen der Serviererin sagten mir alles. Ich war am A….

Schließlich riss ich mich zusammen, fuhr nach Hause und ging meinen Artikel über Weinheim vom letzten Jahr durch. Mein Gott, ich hatte wirklich ein bisschen stark aufgetragen. Ich weiß, ich war wütend wegen Josh gewesen und die armen Winzer hatten es abbekommen.

Josh, dieser Mistkerl.... Nein, nicht schon wieder. Ich rief Martin an. Wenigstens ein Mensch in der Welt, der mich aufbaute, der mir sagte, dass ich etwas Besonderes war und bestimmt irgendwann aus diesem Provinzblatt herauskommen würde. Notfalls würde er mich nach Chile holen und ich könnte dort über die Arbeit am ELT berichten, und zwar so, dass es irgendjemanden außer den Astrofreaks dort auch interessierte.

Ich musste lachen, denn ich hatte selbst nach Martins langen Vorträgen immer noch keine rechte Ahnung von Astronomie, aber wenigstens ging mein Tag mit einem Lächeln zu Ende.

Erster Termin heute: Weinlagenwanderung. Oh Mann! Aber da war vormittags ja noch gar nichts los. So ganz wollte ich meinen Fall Harvey noch nicht aufgeben. Vielleicht wusste diese merkwürdige Frau Kreuzer ja irgendetwas. Sie hatte doch bei ihm gearbeitet. Manchmal erzählte man seinen Mitarbeitern ja mehr als seiner Frau. Vielleicht hatte sie mit ihm ein Verhältnis gehabt? Warum kam ich immer auf so komische Gedanken? Zu viele Krimigeschichten, in denen immer irgendjemand betrogen wurde? Dabei las ich doch gar keine Frauenzeitschriften. O.k., o.k., vielleicht mal beim Frisör, weil da sonst nichts anderes herumlag. Aber sobald ich eine hübsche Frau Doktor sah, ging alles nur noch in die Richtung Neid und Hass. Womöglich hatte sie auch noch drei süße Kinder und einen tollen Mann. Grr! Ok, Marisa, reg dich ab, du stattest der guten Frau jetzt einfach mal einen Besuch ab.

Um 12 Uhr begann die Weinlagenwanderung, aber das konnte sie ruhig mal ohne sie tun. Ab ins Neuenheimer Feld. Zoologisches Institut. Wieso arbeitete eine Molekularbiologin eigentlich im Zoologischen Institut?

Am Eingang zur Zoologie war mir nicht mehr ganz so wohl. Vor zwei Jahren stand ich vor dem Nachbargebäude für eine ganz andere Reportage. Einer der Bio-Studenten war hier Amok gelaufen, hatte eine Studentin getötet und mehrere Studenten verletzt. Nun gut, das hieß aber nicht, dass hier alle Bio-Studis verrückt waren.

„Entschuldigung. Was suchen Sie denn?"

Irgend so ein schlaksiger bebrillter Jungstudent, der meiner Meinung nach in die 10. Klasse gehörte, wagte es, mich anzusprechen. Mein Blick wanderte über den Vorraum des Hörsaals. Oje, die Studenten wurden auch immer jünger. Vor 10 Jahren hatte ich hier mal einen Bio-Studenten gedatet, der …

„Entschuldigen Sie?"

„Ach so, Entschuldigung. Ich suche Frau Kreuzer."

„Frau Dr. Kreuzer? Die ist jetzt unten mit dem Hauptpraktikum Zoologie. Warten Sie, ich zeig' Ihnen den Weg."

Eigentlich war der Jungspund mit seiner Hilfsbereitschaft recht nützlich. Jedenfalls stand ich zwei Minuten später vor dem Praktikumsraum, in dem es abscheulich nach tierischen Kadavern stank. Schätzungsweise 20 Studenten stocherten mit Skalpellen in irgendwelchen ekligen Überresten herum.

Frau Kreuzer stand mit einem weißen Laborkittel an einer Vitrine mit verschiedenen Reagenzgläsern, sah auf und entdeckte mich sofort. Sie zog überrascht die Augenbrauen hoch und kam dann mit einem Lächeln und einem fragenden Blick auf mich zu.

„Frau Braun. Schön Sie zu wieder zu sehen. Wollen Sie einen Bericht über unsere Praktika machen?"

„Nein. Wissen Sie, ich wollte eigentlich mit Ihnen über Prof. Harvey reden."

„Ach. Wieso?"

Sie war eine miserable Schauspielerin. Sie hatte offensichtlich schon damit gerechnet. Doch eine Affäre?

„Ich wollte noch einen Bericht über ihn schreiben. Vielleicht hat Ihnen Frau Harvey davon erzählt?"

„Oh, ja, doch. Aber wollen wir nicht lieber hinauf in mein Büro gehen? Da ist es vielleicht ein bisschen angenehmer. Nick, übernehmen Sie mal."

Ihr Hiwi sah von einem Tisch mit einem etwas fettleibigen Studenten auf, und machte einen ziemlich entnervten Eindruck.

„Können Sie die Gruppe denn einfach so mit ihm allein lassen?"

„Na ja, die sind schon im Hauptpraktikum und Nick ist gut. Eine Viertelstunde wird schon gehen. Nick hat alles letztes Jahr schon mit mir gemacht, nur der Student da, der ist wirklich ein Problem. Der wird's wohl nicht schaffen. Kommen Sie."

Ihr Büro im 1. Stock sah schon viel gemütlicher aus als der nüchterne Praktikumssaal, mit einer Couch, weichen braunen Ledersesseln und einem großen mahagonifarbenen Schreibtisch. Die Bücher in den Holzregalen waren offensichtlich nach

Fachgebieten geordnet und der Größe nach sortiert. Alles fast pedantisch aufgeräumt.

„Also Frau Braun. Was wollen Sie denn nun wissen?"

„Naja, vielleicht haben Sie es ja schon von Frau Harvey gehört. Ich versuche einen Artikel über die Jugend von Professor Harvey zu schreiben, aber niemand scheint viel darüber zu wissen."

„Und Sie meinen, ich kann Ihnen mehr dazu sagen?"

„Hm, wenn man miteinander arbeitet, redet man ja auch viel miteinander."

„Oh ja, wir haben viel miteinander geredet, aber ich muss Sie enttäuschen, oft ging es nur über unsere Arbeit. Herr Harvey war ein wirklich toller Wissenschaftler."

„Aber er hat Ihnen doch bestimmt auch mal von Peru erzählt."

„Ja natürlich. Ich habe sogar angefangen wegen ihm Spanisch zu lernen. Er war doch dort an der Uni und hat dann dieses Projekt in Iquitos aufgezogen."

„Und was war, bevor er an die Uni kam?"

„Oh, darüber weiß ich nichts. Sie meinen so Jugendkram. Also wir haben uns hier nicht unsere kleinen Geheimnisse erzählt, wenn Sie verstehen, was ich meine."

Warum grinste sie die ganze Zeit so überlegen?

„Nein, im Ernst. Ich habe keine Ahnung, wann er das erste Mal ein Mädchen geküsst hat und solche Sachen. Wirklich nicht."

Dabei kicherte sie leicht in sich hinein. Warum? Eine wirklich merkwürdige Person.

„Nein, wirklich. Wir haben uns meistens nur über unsere Arbeit unterhalten."

„Was war das eigentlich ganz genau? Ich bin ja keine Biologin."

„Oh, aber das haben Sie doch in Ihrem Artikel so schön beschrieben. Wir studierten den Einfluss des Alterungsprozesses auf das Krebswachstum. Wir haben das Werk von Herrn Professor Zwilling hier fortgesetzt und die Alterungsprozesse bei Coenorhabiditis elegans beobachtet und dann unseren Versuchstieren vermutete Krebsgene mit DNA-Vektoren injiziert. Mit einem überraschenden Ergebnis: Wir konnten nachweisen, dass Krebs keine allgemeine Alterserscheinung ist, sondern mit einem ganz konkreten Cluster von DNA-Sequenzen korreliert, die aber normalerweise nur im fortgeschrittenen Alter abgelesen werden können, jeweils abhängig von ihrer Methylierung. Die Leute vom Krebsforschungszentrum da drüben haben uns vor fünf Jahren voll die Türen eingerannt. Alle wollten unsere Würmer sehen.

„Coenorhabditis?"

„Ja, unsere Fadenwürmer. Wollen Sie sie sehen?"

„Nein, danke. Eigentlich kam ich ja wegen der Jugend des Herrn Harvey."

„Ja, aber darüber weiß ich leider wirklich gar nichts. Da drüben ist sein Zimmer. Wollen Sie das vielleicht sehen?"

„Nein, danke. Ich muss noch zu einem Termin."

„Ach kommen Sie. Das Zimmer muss man gesehen haben."

„Also gut."

Sie hatte recht. Das Zimmer musste man gesehen haben. Man trat durch die Tür und befand sich in einer anderen Welt. Merkwürdige gedrehte Reagenzgläser in einer großen Vitrine, alte verstaubte Bücher auf dunkelbraunen Regalen, zwei Schränke mit Holzintarsien und Verzierungen, eine Kommode, auf der zwei ausgestopfte Leguane neben riesigen Straußeneiern und Federbüschen thronten, merkwürdige dunkle Holzmasken an den Wänden. Das war das Zimmer eines Forschungsreisenden des 19. Jahrhunderts. Ich war baff.

„Ich dachte, er wäre Molekularbiologe."

„War er auch, aber er liebte Reisen und vor allem den Dschungel über alles. Alle unsere Studenten sind immer erst mal völlig platt und denken, sie sind im falschen Zimmer."

„Und was ist das da?"

Auf dem großen Eichenschreibtisch stand eine kleine schwarze Figur, die wie eine Schlange mit Flügeln aussah. Ich ging näher heran. Auf dem Kopf saß ein Krönchen und die Giftzähne hielten einen Ring festgepackt.

„Oh, das …". Sie zögerte, wirkte zum ersten Mal etwas durcheinander. „Das ist eine Figur, die er sehr mochte. Solche Tiere gibt es in Wahrheit natürlich nicht. Nur in Märchen."

„Eine Schlange mit Flügeln? Das Märchen kenne ich gar nicht."

„Ich auch nicht. Aber so langsam muss ich doch wieder zurück zu meinem Praktikum."

Sie hatte es plötzlich sehr eilig. Ich schaute auf die Uhr. 10 vor 12 Uhr!

„Und ich muss zu meinem Termin. Aber besten Dank, dass ich mir das ansehen durfte."

Als ich wieder im Erdgeschoss stand, schüttelte ich mich erst einmal. Einerseits war die Frau sehr nett, aber andererseits … Sie war manchmal so versiert, antwortete so wahnsinnig routiniert, als wäre sie nicht geschätzte 30-35, sondern redete wie eine 60jährige, die schon alles miterlebt hatte. Dann, im nächsten Moment, wirkte sie plötzlich wieder jugendlich burschikos. Seltsame Frau.

Und was war das mit der geflügelten Schlange? Das war ihr äußerst unangenehm gewesen. Fast 12 Uhr! Die Weinlagenwanderung! Verdammt, wie kam ich hier wieder heraus? Na, da lief doch der Typ von vorhin wieder rum.

„He, hallo Sie! Wie komme ich denn wieder hier heraus?"

„Durch die Halle nach rechts. Durchs Museum. Warten sie, ich zeige es ihnen. Waren sie denn bei Frau Kreuzer?"

„Ja, sie scheint ja sehr nett zu sein."

„Ja, die Vorlesungen bei ihr sind echt cool."

„Sagen sie mal, gibt es eigentlich geflügelte Schlangen?"

„Was? Nein, ach so. Dass ist nur ihr Zeichen, das sie immer unter die Prüfungen setzt. Kein Mensch weiß, wieso. Hier, da vorne ist der Ausgang."

O.k. Deswegen war ihr das peinlich. Sie benutzte die Figur von Harvey jetzt schon als ihr Markenzeichen. Eine Plagiatorin. Ich spurtete zur Straßenbahn, setzte mich und gab im Handy „Gefiederte Schlange" ein. Oh mein Gott, wie viele Seiten. Die Gefiederte Schlange war gleichbedeutend mit Quetzalcoatl, einem Gott der Tolteken, Azteken und Maya. Quetzalcoatl war der Schöpfergott der mittelamerikanischen Kulturen, angeblich verschwand er eines Tages nach Osten und würde einst wiederkehren. Ein übel langer Wikipedia Eintrag. Gab es noch andere Einträge?

- Quetzalcoatl - gefiederte Schlange aus Mittelamerika, ein Film aus der DDR
- Geflügelte Schlange -Ein heraldisches Symbol.
- Quetzalcoatlus – ein Flugsaurier.

Na super. Das mit dem Gott klang noch einigermaßen logisch. Scheinbar hatte Harvey bei einer seiner Amerikareisen in Mittelamerika ein nettes Souvenir mitgenommen.

Ich versuchte es mal mit Dr. Kreuzer, Heidelberg.

Aha, na, da kam doch einiges. Frau Dr. Barbara Kreuzer. Jede Menge Bilder mit Harvey im Institut, bei der Veröffentlichung ihrer Arbeit und …Wow, ein Bild von ihr beim Abschlussball der Uni Köln. Das Kostüm war echt gewagt. Was war das auf ihrer Schulter? Ein Tattoo. Mal ranzoomen. Ich hatte es doch geahnt. Die geflügelte Schlange! War da wohl doch mehr zwischen ihr und Harvey als nur Wissenschaft? Sie war ihr doch gleich suspekt gewesen. So eine Schlange. Aber… das Bild war aus ihrer Unizeit! Hatte Harvey sie schon als Studentin gekannt? Das wurde ja immer interessanter. Wenn das die Frau Harvey wüsste.

Oh Scheibenkleister! Es war schon 12 Uhr. Ich musste los.

„Sie hat die Schlange gegoogelt!"

„Aber sie hat nicht verstanden, was sie bedeutet, sonst hätte sie weiter gesucht."

„Du willst also nichts unternehmen?"

„Hm. Ok. Wir geben ihr ein bisschen Beschäftigung und schauen mal, was passiert."

Scheiße. Das Handy fiepte schon zum dritten Mal und ich musste zur Weinprobe. Was? Josh? Was will Josh von mir?

„Hallo Josh. Was willst du?"

"Hallo Engelchen. Die Frage gebe ich zurück. Was wolltest du denn gerade?"

„Ich habe dich nicht angerufen."

„Ach ja, vielleicht hat da ja jemand anderes deine Nummer und schreibt mir, dass er mich mal wieder sehen möchte."

„Das habe ich nicht geschrieben."

„Hast du vielleicht etwas getrunken? Du weißt schon: „ In vino veritas".

„Ich habe nichts getrunken und ich muss jetzt auch gleich aussteigen."

„Ach, wohin fährst du denn?"

„Zum Weinlagenfest nach Weinheim."

„Also Marisa, das mit Christine, das war nichts, das hast du wirklich falsch verstanden. „

„Ach ja, und ihr habt euch nicht geküsst und habt euch nicht umarmt, und ihr seid nicht Hand in Hand durch Ladenburg gelaufen? Dumm nur, dass mein Termin ausgefallen war."

„Marisa, es war nur der Stress auf der Arbeit. Ich weiß nicht, was in mich gefahren ist, an dem Tag, aber glaub mir, ich habe dich nie verlassen. Du hast mich verlassen."

„Nachdem du dich offensichtlich für Christine entschieden hattest."

„Aber ... mit Christine, da war doch sofort wieder Schluss. Du bist und bleibst meine große Liebe."

„Deine große Liebe hat ihre große Liebe leider schon gefunden."

„Ach, und wer ist der Glückliche? Leon, der Loser?"

„Nein. Es war nie etwas mit Leon. Das habe ich dir tausendmal gesagt. Du hast jedem Frauenrock hinterhergelechzt und ich blödes Aschenputtel habe an dich geglaubt. Aber Aschenputtel gibt's nicht mehr, vergiss es. Ich muss gleich raus."

„Und tief in deinem Herzen glaubst du immer noch an mich, sonst hättest du mich ja nicht angerufen."

„Ich habe dich nicht angerufen. Schluss und auf Nimmerwiedersehen, Josh!"

So und jetzt sofort Telefonanrufe dieser Nummer blockieren. Hatte ich aus Versehen tatsächlich Josh angerufen? Nein, keine ausgehenden Anrufe. Festnetz? Nein, daran würde ich mich doch erinnern. Und selbst in völliger geistiger Umnachtung würde ich ihn nicht anrufen. Dieser Scheißkerl, jetzt kam diese ganze Geschichte mit Christine wieder hoch. Er machte immer auf supereifersüchtig und in Wirklichkeit traf er sich nach der Arbeit mit Christine. Und er hatte ja soo viele Überstunden. Bis mein Termin ausfiel und ich auf die Idee kam, ihn von der Arbeit abzuholen. Josh, du Schwein. Christine hatte dich also auch abserviert. Gut so. Hatte er sexuellen Notstand und das ganze Telefonat erfunden? Oder hatte jemand anderes meine Handynummer? Das war schon mal passiert, als ich das letzte Mal ein neues Handy angeschafft hatte. Tausend Unbekannte riefen einen an und erzählten einem irgendetwas ganz aufgeregt in einer fremden Sprache, die wie arabisch klang. Ich hatte damals echt übel Angst vor Terroristen. Dieser miese picklige Typ im Handyladen. Scheißmänner, Scheiß Josh. Halt stopp, es gab ja noch Martin…. Überhaupt Stopp. Das war die Haltestation. Halt, ich will aussteigen. Oh, nein, nein! Anhalten! Anhalten!

Eine Stunde später hatte ich mich wieder gefangen. Die Straßenbahn hatte doch noch angehalten, ich war auf der Weinlagenwanderung und wieder einigermaßen relaxt. O.k., die Strecke hatte sich im Vergleich zum letzten Jahr etwas verändert, fast hätte ich mich am Anfang verfranst, weil die Masse der Menschen natürlich doch schon um 12 Uhr zum feuchtfröhlichen Weintesten gestartet war, aber ich legte meinen schnellsten Stechschritt hin, ließ die erste Station aus und war bald mittendrin im Trubel. Ich passte auch gut auf, dass mir die Winzer nicht zu viel Wein ins Glas einschenkten, blieb immer höflich und versuchte den Tag zu genießen. Es war warm, die Sonne schien, ich lief durch die Weinberge und von Silvaner zu Riesling und Trollinger wurde ich immer besser gelaunt und babbelte immer mehr mit den anderen Wanderern. Und noch ein paar nette Schnappschüsschen nebenher, so konnte Arbeit auch aussehen. Nur nicht zu viel trinken. Der Artikel musste bis 11 Uhr abends in der Redaktion sein.

Ich schaffte es sogar bis 10 Uhr abends. Und ich war wirklich nett geblieben. Norbert würde zufrieden sein. Ich konnte eigentlich geruhsam schlafen, aber mir ging das blöde Telefonat mit Josh nicht aus dem Kopf. Ich wollte schlafen!

Der nächste Morgen hatte es in sich. Mal sehen wie sich mein Artikel machte. Ich zog unsere heißgeliebte Rhein-Neckar-Zeitung aus dem Briefkasten und … ein Brief fiel heraus. Ein Brief, wer schrieb denn heute noch Briefe? Absender Victor Gonzalez, Buenos Aires. Ich zerriss den Umschlag vor Spannung. Was schrieb der so unkommunikative Bruder?

Querida Señora …

Liebe Frau Braun!

Wie geht es Ihnen? Ich hoffe, es geht Ihnen gut.
Sie wundern sich sicher, warum ich Ihnen schreibe. Mein Bruder Alberto ist tot. Er wurde von einem Auto überfahren. Wir haben noch heftig diskutiert, nachdem Sie gegangen waren. Wie Sie vielleicht bemerkt haben, waren wir bei einigen

Dingen sehr unterschiedlicher Meinung. Schließlich ist er aufgebracht hinausgestürmt auf die Straße und wurde dort von einem Auto überfahren. Ich gebe mir selbst die Schuld an seinem Tod und weiß nicht, wie ich mich davon befreien kann, aber ich werde es versuchen.

Wissen Sie, ich glaube nicht an Zufälle. Er starb, nachdem wir uns über meinen Vater und über das Geld aus Deutschland unterhalten hatten. Die beiden Männer in dem Auto sagten, sie hätten ihn nicht gesehen, er sei zwischen den parkenden Autos plötzlich hervorgeschossen. Aber irgendetwas stimmt meiner Meinung nach nicht mit ihnen. Ich weiß es nicht, es ist ein Gefühl. Sie konnten nicht erklären, was sie in unserer Straße wollten und erzählten dann, sie hätten sich verfahren. Wer verfährt sich mit einem modernen Auto, das ein Navi hat? Vielleicht habe ich schon Verfolgungswahn und sie waren wirklich einfach ein paar harmlose Touristen. Vielleicht auch nicht.

Nun, ich habe meiner Großmutter beim Leben meines Bruders geschworen, über etwas zu schweigen, was ich Ihnen nicht gesagt habe. Nun habe ich keinen Bruder mehr und wie mir meine Ärzte immer wieder versichern, werde ich auch nicht mehr lange leben, aber vielleicht können Sie Licht in das Dunkel unserer Vergangenheit bringen. Ich glaube, das hätte meinem Bruder gefallen.

Ich war als kleiner Junge sehr neugierig und wollte alles herausfinden. Meine Großmutter ging sonntags immer in die Kirche und wir mussten natürlich mit. Nur einmal im Monat lief sie hinunter zur alten Kirche am Hafen. Das war ein weiter Weg und dorthin gingen wir nie mit, sondern spielten zu Hause fangen oder lasen unsere Comics. Aber einmal war mir unendlich langweilig zu Hause und ich lief ihr einfach nach. Ich hatte wahrscheinlich zu viel Mortadelo und Filemón gelesen und kam mir auch vor wie ein Spion. Und plötzlich ging meine Großmutter an der Kirche vorbei! Sie lief zu dem kleinen Friedhof neben der Kirche und kniete sich vor ein Grab. Ich ging zu ihr und sie war plötzlich völlig verschreckt und wollte mich von dem Grab wegziehen. Aber ich hatte den Namen auf dem Kreuz gesehen: Alessandro Gonzalez, gestorben 1938. Das war doch der Name unseres Vaters! Aber unser Vater lebte doch noch! Bis heute habe ich den Schreck von damals in den Knochen. Meine Großmutter hat mir dann erzählt, es wäre nur ein entfernter Verwandter von uns gewesen, der den gleichen Namen gehabt habe und hier begraben liege und an den sie sich auf dem Weg in die Kirche gerade erinnert habe. Aber sie nahm mir trotzdem das Versprechen ab, niemals, niemals, beim Leben meines Bruders, darüber zu sprechen. Es waren unsichere Zeiten damals und das entsetzte Gesicht meiner Großmutter, dass ich das Grab gesehen hatte, vergaß ich nie wieder. Es gab ein Geheimnis um dieses Grab. An diesem Abend lauschte ich nämlich, wie sich meine Großmutter mit meinem Vater stritt. Es kam sehr selten vor und ich hörte, wie sie weinte und ihn dann anschrie. Sie sagte immer wieder Klaus, Klaus. Ich dachte damals, das wäre ein Schimpfwort, aber später fand ich heraus, dass es ein deutscher Vorname ist. Vielleicht war das der Mann, der meiner Familie das Geld schickte. Ich weiß es nicht.

Ich habe noch einen Umschlag von einer alten Überweisung der Bank in Deutschland gefunden. Man kann nicht mehr viel erkennen, aber der Name des Absenders könnte mit Klaus oder Nikolaus angehen.

Ich hoffe, Ihnen mit meiner Geschichte helfen zu können. Mein Bruder ist vielleicht gestorben, weil wir uns darüber gestritten haben, was wir Ihnen sagen sollten. Er soll nicht umsonst gestorben sein. Finden Sie diesen Klaus oder Nikolaus und lüften sie das Geheimnis unserer Familie.

Ich habe das Grab unseres unbekannten Verwandten übrigens später heimlich gesucht. Es war aber verschwunden und durch ein anderes ersetzt worden und niemand konnte mir sagen, wohin der Tote verschwunden war.

Anbei der Umschlag, in dem der Scheck von der deutschen Bank steckte.

Hochachtungsvoll

Victor Gonzalez

Ich war wie elektrisiert. Alberto Gonzalez war tot. Überfahren. Ein Unfall. Ein Autounfall? Der echte William Harvey hatte ebenfalls einen tödlichen Autounfall gehabt. Die verarmte Familie Harvey bekam Geld von Alessandro Gonzalez und die arme Familie Gonzalez bekam Geld von einem gewissen Klaus oder Nikolaus. Es gab ein Grab mit dem Namen Alessandro Gonzalez, es gab ein Totenbild mit William Harvey. Das ließ nur eine Vermutung zu: Alessandro Gonzalez war ebenfalls gestorben und der Mann, den Victor und Alberto als ihren Vater kannten, war gar nicht der Sohn ihrer Großmutter, sondern kam aus Deutschland, vielleicht hieß er ja selbst Nikolaus oder Klaus oder aber sein wirklicher Vater in Deutschland hieß so.

Und er nahm die Identität des verstorbenen Allessandro Gonzalez an, um irgendwelchen Schwierigkeiten aus dem Weg zu gehen. Und als er dann selbst einen unehelichen Sohn hatte, wählte er den gleichen Weg und schickte seinen Sohn nach Argentinien.

Die Geschichte klang ziemlich kompliziert, ich musste schon fast einen Plan der Verwandtschafts- und Nichtverwandtschaftsverhältnisse aufstellen, damit man noch den Überblick behielt.

Nein, ich versuchte es einfach mal kurz und prägnant für mich zusammenzufassen:

Alessandro Gonzalez stirbt 1938. Jemand anderes (ein Klaus oder Nikolaus?) übernimmt seinen Namen mit Wissen der echten Eltern von Allessandro (!), die kein Geld hatten. Die Familie wird dann mit Geld aus Nazi-Deutschland unterstützt, der junge Mann wird ein berühmter Professor, heiratet, hat zwei Kinder und nach einem Fehltritt mit einer Unbekannten einen unehelichen Sohn, den er nach Peru schickt, wo er sich als Alessandro Gonzalez vorstellt, aber bald in die Rolle des dort 1982 bei einem Autounfall gestorbenen William Harvey schlüpft. Ausgerüstet mit dem Geld seines Vaters studiert er dort, wird ebenfalls zum Professor und kommt nach Deutschland, wo er heiratet, Erfolge im Kampf gegen den Krebs feiert und schließlich bei einem Segeltörn kentert und stirbt.

So zusammengefasst klang das alles nach einer Familiensaga im Vorabendfernsehen oder einem schlechten Roman mit relativ einfallslosen Wiederholungen. Irgendwie fehlte der Story der Sinn, das „Warum?"

Die beiden Männer? Wahrscheinlich wirklich Touristen. Was, wenn nicht? Es gab Neonazis. Wie finanzierten sie sich? Gab es Vermögen oder Verbindungen, die so gefährlich waren, dass man jemanden dafür tötete? In Schweizer Banken sollen immer noch Millionen aus der Nazizeit lagern, Geld, das damals die Juden überwiesen, bevor sie in den Konzentrationslagern umgebracht wurden, und Geld, das die Nazis in Sicherheit brachten, um nach dem Krieg irgendwo in Südamerika ein neues Leben anzufangen. So wie zum Beispiel der Nazi-Verbrecher Adolf Eichmann, der Verantwortliche für die KZ-Transporte, der dann unter falschem Namen in Argentinien als Elektriker bei Daimler-Benz arbeitete, bis ihn der Mossad nach Israel holte und ihn aufhängte.

Sie merkte, wie die Angst in ihr hochkroch. Sollte sie die Polizei einschalten? Was könnte sie den Beamten sagen? In Argentinien hatte ein Mann, den sie interviewt hatte, anschließend einen tödlichen Autounfall und die beiden Beteiligten benahmen sich merkwürdig? Und dass sie jetzt Angst vor einer Geheimorganisation hatte, die möglicherweise aus ehemaligen Nazis oder Neonazis bestand? Die Polizei würde sie für irre halten und ihren Chef anrufen.

O.k., aber sie hatte ja sogar jemanden, der sich mit solchen Sachen auskannte und ihr glauben würde: Ronny, ihr Bruder Ronny.

Das schwarze Schaf der Familie war gefühlt zehnmal auf Entzug in irgendwelchen Kliniken gewesen und „clean" hieß bei ihm, dass er sich augenblicklich nur von der Ersatzdroge Methadon, gemischt mit reichlich Alkohol, ernährte. Aber er hatte ihr nie etwas Böses getan, im Gegenteil, ihr schon manchmal ein paar gute Tipps gegeben, was die lokale Unterwelt anging. Ein paar gelungene Artikel über die Heidelberger Drogenszene hatten ihr vor drei Jahren einen festen Arbeitsvertrag bei der RNZ eingebracht. Sie wollte sich nach dem Trip nach Peru ohnehin mal wieder bei ihm melden.

„Ronny?"

„Ah, Marisa, lange nichts gehört."

„Ja, ich war im Urlaub, in Peru und Argentinien."

„Cool. Peru – hast du Coca mitgebracht?"

„Ach komm, du spinnst wohl. Nein, wir haben nur Cocatee getrunken. Aber Peru war wirklich toll."

„Ich höre „Wir". Ich dachte, mit Josh läuft nichts mehr."

„Nein, aber ich habe dort jemanden kennengelernt."

„Einen Peruaner? Einen Indio? Du wirst langsam exotisch."

„Quatsch. Er kommt aus München."

„Macht die Sache nicht besser."

„Du bist ein echter Quatschkopf. Du, ich glaube ich habe da ein wirklich ganz heißes Eisen angefasst. Und ich habe echt ein bisschen Schiss."

„Doch die Drogenmafia?"

„Nein, du bist nervig. Es geht eher um falsche Identitäten und wahrscheinlich um Nazigeld. Und jetzt ist einer meiner Interviewpartner kurz nach dem Interview von einem Auto überfahren worden."

„Und du meinst, es könnte sein, dass es kein Unfall war?"

„Sein Bruder meint, das wäre gut möglich, die Leute im Auto wären sehr komisch gewesen."

„Scheiße. Dann ist die Sache echt heiß. Ich stehe ja eher nicht auf die Bullen, aber vielleicht solltest du doch mal hin."

„Ich kann ja fast nichts beweisen. Eine Zeugin will nicht mehr reden, ein anderer Zeuge ist tot."

„Ok, hör zu, das wäre mir auf jeden Fall entschieden zu heiß. Lass das sein, Schwesterchen. Das hört sich echt Scheiße an."

„Nein, das ist die Story meines Lebens. Ich habe keinen Bock, mein ganzes Leben irgendwelche Leute vom Kleingärtnerverein zu interviewen. Bloß …"

„Du hast Schiss."

„Ja, und?"

„Na dann lass es doch."

„Nein."

„Gut, ich kann ja mal Alfred anrufen."

„Alfred? Wieso?"

„Ja, vielleicht kann der dir helfen. Er steckt da mehr in allem drin. Wenn ich dem was von Neonazis und Argentinien erzähle, mal sehen, ob ihm da was einfällt."

„Nein. Blödsinn. Und ich weiß nicht, Alfred? Hängst du immer noch mit dem rum?"

Alfred war Ronnys Exkumpel aus seiner Schulzeit. Allerdings ging sein Weg weniger über Gras und Ecstasy zu härteren Drogen, sondern von Diebstahl und Einbrüchen zu Raubüberfall mit versuchtem Totschlag. Für das Letztere war er 5 Jahre im Gefängnis gesessen. Alfred war so gar nicht nach meinem Geschmack.

„Schwesterherz, ich bin doch raus aus allem. Ich kenn nur noch ein paar Grufties, Alfred kennt die Szene und weiß eher, was gerade alles im Hintergrund läuft. Außerdem schuldet er mir noch was."

„Aber was weiß denn ein Knacki aus Mennem schon über Argentinien und Neonazis?"

„You never know. Ein Versuch schadet nie. Und wer war jetzt der Typ aus München?"

„Das erzähl ich dir ein anderes Mal. Hör zu, ich komme morgen nach der Arbeit mal bei dir vorbei. Bist du Zuhause?"

„Wenn ich nicht Zuhause bin, bin ich in meinem Zweitwohnsitz."

„Deinem Zweitwohnsitz?"

„Haha, na in der Kneipe gegenüber, wie immer. No Problem."

„Ok, also bis morgen."

Ich legte auf. Ronny war so ein netter Typ, aber er war einfach an die falschen Leute geraten und kam aus diesen Kreisen nicht mehr raus. Hoffentlich rief er nicht bei Alfred an. Der Typ aus München, hihi, Ronny wusste ja nicht, dass Martin in Chile arbeitete.

„Unsere Freunde in Argentinien waren keine große Hilfe.
Wie konnte das nur passieren?"
„Ich verstehe es auch nicht. Gerade Rafael, der sonst alles zweimal durchcheckt. Aber wer rechnet heutzutage denn noch mit einem Brief?"
„Alte Leute schreiben Briefe. Sehr alte Leute."
„Wir müssen das ausbügeln, sonst kriegt sie irgendwann noch alles 'raus."
„Das hat noch nie jemand geschafft."
„Dann sorgen wir jetzt dafür, dass das auch so bleibt. Ich habe da so eine Idee."

Vorsichtig untersuchte ich den Umschlag, den Victor mitgeschickt hatte. Er war offensichtlich irgendwann nass geworden und man konnte fast nichts mehr entziffern. Die Postleitzahl war noch da, doch der Ort dahinter war völlig verwischt, man sah noch ein O, aber das war es schon. 8601 O.... Ich gab die Zahl im Internet ein. Kein Treffer. Diese Postleitzahl gab es nicht, kein Wunder, sie existierte vor der Digitalisierung und war damit verschwunden, aus dem Gedächtnis der Menschheit getilgt.

Was passiert eigentlich, wenn jemand irgendwann das Internet zerstört? Sind dann Jahrtausende der menschlichen Entwicklung gelöscht? Ausradiert? Werden die Menschen in den letzten verbliebenen Büchern verzweifelt nach Wissen suchen? Vielleicht sollte ich nicht an dieser ominösen „Harvey-Geschichte" arbeiten, sondern ein Science-Fiction Buch schreiben? Ein Science-Fiction Buch geschrieben von einer Frau, auch mal was anderes. Ach Quatsch, ich war einfach nur müde. Sollte ich Martin noch anrufen? Es war schon sehr spät. Ich rollte mich in mein Bett.

Am nächsten Morgen flitzte ich früh in die Redaktion und trug den Briefumschlag zu Jonathan, unseren Archivar. Er war selbst schon ein Archivstück, über 70 und arbeitete immer noch hier, angeblich um seine Rente aufzubessern. Ich vermutete eher, weil er sich zu Hause zu Tode langweilte und hier das Gefühl hatte, doch noch gebraucht zu werden. Er war für uns alle einfach unersetzlich, förderte immer wieder Dinge zu Tage, die man verschollen geglaubt hatte und er war richtig erfreut, als ich ihm den obskuren Umschlag gab. Er versprach mir, spätestens heute Abend Bescheid zu geben.

Um zwei Uhr ging ich nach einer langen Redaktionssitzung und einer ärgerlichen Auseinandersetzung mit unserem Hauptlektor missgelaunt nach Hause. Er hatte doch tatsächlich meine Idee eines kleinen Reiseberichts über Peru sofort mit „blöde spanische Sonderzeichen", und „das „ñ" geht bei uns gar nicht zu setzen" und „diese Verrückten machen auch noch das Fragezeichen falsch herum" nieder gemacht. Und ich hatte mich aus dem Fenster gelehnt und irgendwas von sozialen Missständen und Tourismus erzählt. Zur Strafe sollte ich jetzt einen interessanten Bericht über das Leben der Inka-Nachfahren in Touristengebieten schreiben. Ohne spanische Sonderzeichen. Na super, jeder Perureisende würde gleich merken, dass ich nach einer Woche in Peru keine große Ahnung hatte, aber wozu gibt es das Internet, und ein paar Fotos von meiner Reise hatte ich ja auch. Also werkelte ich bis in den späten Nachmittag an meinen tiefen Einsichten in das kulturelle Leben der Peruaner und hatte Ronny fast vergessen.

Ronny wohnte natürlich nicht im verschlafenen romantischen Heidelberg, sondern in Philippsburg, nahe am stillgelegten Atomkraftwerk, wo deswegen die Wohnungen auch gleich um einiges billiger waren.

Ich bog um die Ecke in seine Straße und stand plötzlich vor drei Polizeiautos mit Blaulicht. Ein Polizist trug gerade einen Computer aus dem Haus, zwei standen Spalier, zwei weitere in Zivil telefonierten an ihren Autos. Was war hier los? Ronny? Ronny?

Eine Polizistin befestigte ein Absperrband direkt vor mir. Ich kroch unten hindurch.

„He, was fällt Ihnen ein! Bleiben Sie sofort stehen!"

Die Polizistin hielt mich auf.

„Ja, ist ja gut. Ich bin Reporterin von der RNZ. Was machen Sie denn hier?"

„Das geht Sie gar nichts an."

„Vielleicht doch. Das ist doch das Haus von Ronny Braun. Ich bin seine Schwester."

„Seine Schwester?"

Sie sah mich unschlüssig an, dann griff sie zum Handy.

„Herr Krämer, kommen Sie doch mal. Hier ist die Schwester."

Zwanzig Meter weiter vorne drehte sich ein Polizist in Zivil um. Er lächelte leicht und kam auf mich zu.

„Marisa Braun. Kommen Sie her."

Mit misstrauischen Blick ließ mich die Polizistin passieren.

Ich kannte Kommissar Krämer von einigen Pressekonferenzen. Ein ziemlich kräftiger 1,90m Mann, der sich die Haare bis auf Stoppeln abrasiert hatte, wie mittlerweile fast alle Männer über 50, damit man die weißen Haare und die kahlen Stellen nicht so sah. Mich erinnerte er stark an Bruce Willis, nur war er eine Nummer größer. Er freute sich scheinbar, sich meinen Namen gemerkt zu haben.

„Die Zeitung ist ja schneller als die Polizei erlaubt. Was machen Sie denn schon hier?"

„Ich wollte nur meinen Bruder besuchen."

„Das wird wohl kaum mehr gehen."

„Was ist denn passiert?"

„Das darf ich Ihnen nicht sagen, wir müssen noch alle Beweismittel sichern."

„Ronny hat nicht wieder was mit Drogen zu tun, oder? Er war doch die ganze Zeit über clean."

„Das dachten Sie wohl. Aber diesmal wollte ihr Bruder ganz groß raus."

„Nein! Das ist nicht wahr!"

„Für die Menge Kokain fährt er ein paar Jahre ein."

„Nein. Der Idiot!"

„Besorgen Sie ihm einen guten Anwalt."

„Koks? Wieviel?"

„Keine weiteren Angaben. Die Pressemitteilung geht erst morgen raus. Bis dahin müssen Sie sich gedulden."

Es konnte doch nicht wahr sein. Ronny hatte wirklich wieder mit den Drogen angefangen. Dabei hatte er gestern noch so normal geklungen. Koks. Woher hatte er das Zeug? Koks, da war doch was für die High Society. Na ja, ich hatte gehört, dass das jetzt auch schon kleinere Möchtegernmanager „einsnifften", wie sie es nannten. Aber bei Ronny war es doch immer nur um Gras gegangen, gut, einmal auch um Heroin, aber dafür war er dann gleich für sechs Monate ins Gefängnis gewandert. Scheiße. Ich musste mich um einen Anwalt kümmern. Ich musste nach Hause und erst mal wieder runterkommen.

Sie hastete an dem schwarzen SUV vorbei zu ihrem Wagen.

Der schwarze SUV fuhr langsam los.

„Und? Was meinst du?"

„Perfekt. Sie ist beschäftigt und vergisst die ganze Sache. Ihr Bruder tut mir schon ein bisschen leid."

„Keine Sorge. So schnell wie ich das Koks in der Asservatenkammer gegen Mehl ausgetauscht habe, so schnell ist das Koks aus den Beweismitteln auch wieder verschwunden und die drei Monate bis zur Verhandlung überlebt er. Und bis dahin hat die Gute den blöden Brief vergessen."

„Du bist genial. Ich hätte ihr einfach den Brief weggenommen."

„Dann wäre sie noch neugieriger geworden. Glaub mir, es ist besser so. Und wohin? Auf ein Bier in die Untere Straße?"

„Könnten auch zwei werden."

101

Ich war verzweifelt. Ronny hatte mit Koks gedealt? Und dann auch noch mit relativ viel? Solche Connections hatte Ronny doch gar nicht. Irgendwas war hier faul. Erst mal Dr. Wittgenstein anrufen. Der Anwalt hatte Ronny vor Gericht das letzte Mal schon von 18 Monaten auf 6 Monate und zwei Jahre Bewährung heruntergehandelt, wobei ich mich an Ronnys ach so schlimme Kindheit so ganz und gar nicht erinnern konnte. Aber ich hatte ja nicht aussagen müssen.

Es wurde eine kurze Nacht. Ich hatte noch ewig mit Dr. Wittgenstein telefoniert. Der Anwalt wollte mich beruhigen, war aber schon etwas beeindruckt von „Kokain" und „sitzt wohl ein paar Jahre.". Aber er würde ihn herausbekommen, sicher. Aber wann? Und wie lange musste er ins Gefängnis? Wie viel Koks hatte er überhaupt dabei gehabt?

Der nächste Morgen. Ich meldete mich krank. Ich konnte jetzt nicht denken und mich mit Norbert oder diesem grässlichen Lektor auseinandersetzen über meinen halbgefaketen Artikel, der merkwürdigerweise nicht erschienen war. Vielleicht hob Norbert ihn für die Samstagsbeilage auf. Wie dem auch sei, ich würde erst einmal in Ruhe Kaffee trinken und geruhsam den „Spiegel" lesen. Morgen sah die Welt bestimmt wieder ganz anders aus.

Der Paketbote klingelte bei der Lektüre eines Artikels über Argentinien. Argentiniens dunkle Vergangenheit und wie man es jetzt erlebt. Man konnte viele Parallelen zu Peru ziehen. Vielleicht müsste man meinen Artikel einfach noch ein bisschen aufpeppen. Als Reporterin konnte man auch nie abschalten.

Was für ein Paket? Ich hatte doch gar nichts bestellt. Außerdem sah das Paket verdammt nach einer Schuhschachtel aus. Ich hatte doch gar keine Schuhe bestellt. Kein Absender. Na super. Ich unterschrieb trotzdem. Was passierte eigentlich, wenn man nicht unterschrieb? Dann müsste der Bote das Zeug wieder mitnehmen und ich hätte keine Ahnung, was darin war. Na, vielleicht hatte ich doch was bestellt oder es war Werbung oder ihre Tante hatte einfach vergessen, den Absender drauf zu schreiben. Also was war das jetzt? Eine Schuhschachtel! Tatsächlich eine Schuhschachtel mit Papier aufgefüllt! Und was war da drin eingewickelt?

Eine Pistole!

Scheiße, wer schickte mir denn eine Waffe? Ich traute mich nicht, das schwarze Ding anzufassen. Mein Gott, eine Pistole! Kein Absender auf der Schachtel. Das Ding war doch nicht für mich. Meine Nachbarn? Nein, die waren ganz brave Rentner. Die Adresse, das war mein Name auf der Schachtel. Ich konnte der Versuchung nicht widerstehen. Ich nahm die Pistole aus der Verpackung, hielt den Lauf möglichst weit weg von mir, hielt sie nach unten. Ein Papier fiel vorne aus dem Lauf. Ich zitterte und hob es auf.

Ich glaube du wirst sie brauchen. A.

A! Alfred! Alfred schickte mir eine Pistole. Alfred war ein Spinner, ein verrückter Waffennarr. Ich sollte das Ding sofort zur Polizei bringen.

Hm. Aber dann würden sie mich fragen, woher ich die Waffe hatte. Von Alfred, einem Exfreund meines Bruders, der gerade wegen Koks im Gefängnis saß. Oh nein, ich würde sie einfach vergraben. Einfach hinauf in den Schwarzwald fahren und das Ding irgendwo vergraben.

Mann, ihr Männer macht einem das Leben echt nicht leicht. Wenn mich jetzt jemand aus der Redaktion sehen würde... Ich packte die Pistole in eine Abfalltüte, ging zum Auto, legte die Tüte unter den Beifahrersitz, setzte mich ans Steuer und startete. Mist, fast kein Sprit mehr. Ich musste tanken und hatte natürlich kein Geld dabei. Also noch mal zurück ins Haus.

Drinnen klingelte das Telefon. Auch das noch.

„Ja."

„Bist du das, Marisa?"

Die Stimme des Archivars.

„Ja."

„Geht es dir gut?"

„Na ja, gerade nicht so gut."

„Ja, ich habe es gehört. Ich wäre auch krank, wenn mein Bruder mit Koks gedealt hätte."

„Ach Scheiße, steht das schon in der Zeitung? Das gibt's doch gar nicht. Ich habe es überlesen. Ich habe es glatt überlesen."

„Nein, nein, ich habe einen guten alten Freund bei der Polizei, der mich komischerweise gestern angerufen hat und ziemlich rumgedruckst hat, bis er mich über dich ausgefragt hat."

„Über mich?"

„Ja, aber keine Angst. Du warst immer sauber, kannst ja nichts für deinen Bruder."

„Ich verstehe es nicht. Er hatte nie etwas mit Koks zu tun."

„Na ja, vielleicht wollte ihm auch nur jemand was unterschieben. Soviel ich von meinem Freund nach dem zweiten Rotwein rausbekommen habe - wir mussten uns unbedingt mal treffen – kam ihm das auch alles ein bisschen komisch vor. Ein anonymer Anruf und dann so ein Erfolg, das ist schon merkwürdig."

„Das hat mir der Anwalt auch schon gesagt. Vielleicht will jemand Ronny reinlegen."

„Kann sein. Ah, apropos, warum ich dich überhaupt anrufe. Ich habe gestern noch zu Hause deinen alten Briefumschlag genauer untersucht. Der Name ist wirklich unleserlich, irgendetwas mit Klaus oder Nikolaus, aber die Postleitzahl ist 8601 und das ist heute 96421 Oberhaid in Oberfranken. Die Adresse ist allerdings äußerst merkwürdig. Eine Adresse Landhof 1 gibt es dort gar nicht. Die Straße muss umbenannt worden sein. Die haben ja viele Straßen nach dem Krieg umbenannt. Ich schaue mal, ob ich das noch herausbekomme."

Ich lächelte, wenigstens eine gute Nachricht am Tag. Meine Nazigeschichte konnte vielleicht doch vorangehen. Der Tag schien besser zu werden. Ich sah zum Fenster hinaus. Keine Autos auf der Straße außer dem schwarzen SUV auf der anderen Straßenseite.

Mit einem Schlag wurde mir eiskalt. Ein schwarzer SUV, BP als Kennzeichen, dann nur eine Nummer. Sie war an so einem Auto gestern vorbei gelaufen, vor Ronnys Haus. Das Haus der Gonzalez! So ein Auto war doch auch davor gestanden. Oder täuschte sie sich? Und vor dem Haus der Harvey in Cuzco? Oh mein Gott! Sie klammerte sich am Tisch fest.

„Alles gut, Marisa ...?"

„Ja, alles gut. Und vielen Dank."

Ich legte auf. Ich hatte die Brüder Gonzalez interviewt und Alberto Gonzalez wurde anschließend überfahren. Ich schauderte. Ich hatte Ronny von der Sache erzählt und er wurde am nächsten Tag verhaftet. Hatte Alfred recht? Würde ich die Waffe brauchen? Wer saß da draußen im SUV? Ich halluzinierte, das konnte doch alles überhaupt nicht sein. Das kam alles nur in irgendwelchen abgespaceten Krimis vor.

Warte, wenn das da draußen wirklich irgendwelche Gangster waren, woher wussten sie von dem Gespräch mit Ronny?

Das Telefon ... Hm, wie machten die Leute das im Film?

Ich schaltete meine alte Stereoanlage an, SWR 3 und dann die Lautsprecher auf Anschlag. Die rote Leuchte sprang an: 100 Dezibel, Gefahrenzone, so hoch hatte ich sie noch nie. Ich hielt mir die Ohren zu.

Wer mich jetzt abhörte, bekam wirklich genug zu hören.

Ich beobachtete den SUV. Irgendetwas bewegte sich hinter den Scheiben, dann öffnete sich die Fahrertür, ein wütender junger Mann stieg aus, schüttelte sich und stieg wieder ein. Der SUV rollte los. Das Nummernschild, ich brauchte das Nummernschild. Wo war mein Handy? Mist. Sie fuhren schon um die Ecke.

BP 528 – oder so ähnlich. Was war das für eine abgefahrene Nummer?

Ich musste zur Polizei.

20 Minuten später erlebte ich das Stirnrunzeln der Wachtmeisterin, die ich schon von Ronnys Festnahme kannte und mich an Kommissar Krämer weiterleitete. Er zog die Augenbrauen hoch, als ich eintrat.

„Na, Frau Braun, da sind Sie ja schon wieder. Setzen Sie sich ruhig. Aber Sie wissen schon, dass ich Ihnen nichts über laufende Ermittlungen sagen darf."

„Was ist mit meinem Bruder?"

„Ihr Bruder behauptet, er hätte nichts damit zu tun, aber die Beweise sprechen eindeutig gegen ihn."

„Kann ich ihn sehen?

„Im Prinzip ja. Er ist in der JVA Mannheim, aber soviel ich weiß, hat er gerade Besuch von seinem Anwalt. Wo haben Sie denn den so schnell hergenommen?"

„Man hat so seine Beziehungen," gab ich lächelnd an. „Aber ich bräuchte von Ihnen auch ein paar Informationen. Ich werde nämlich überwacht und ausspioniert und wüsste gerne, wer das macht und warum."

„Sie werden überwacht? Davon weiß ich nichts."

„Das hoffe ich mal. Aber mein Telefon wird trotzdem abgehört und das Auto, in dem die Leute, die mich abhörten, saßen, hatte das Autokennzeichen BP 528 oder so ähnlich.

„BP sagen Sie?

„Ja. Irgend so etwas wie Bundespost, aber ohne weitere Buchstaben vor der Nummer."

„BP ist nicht die Bundespost, das ist ein Autokennzeichen der Bundespolizei."

„Scheiße. Die Bundespolizei hört mich ab?"

„Hm. Und ich weiß nichts davon. Das gefällt mir nicht, das gefällt mir gar nicht. Warten Sie doch mal bitte einen Moment draußen."

Ich wartete, aber ich konnte drinnen die laute Stimme des Kommissars hören, der sich scheinbar übelst beschwerte, aber dann zunehmend ruhiger wurde. Ich wurde von der Bundespolizei überwacht und abgehört. Warum? Was hatte ich getan? Schließlich bat er mich wieder herein. Seine Miene war undurchschaubar.

„Was sagen Sie? Warum werde ich abgehört?"

„Frau Braun, die Bundespolizei hat keinen Einsatz bei Ihnen angeordnet. Sie wissen von nichts. Sagen sie jedenfalls. Aber wir werden herausfinden, wer Sie da abhört und was das Ganze zu bedeuten hat. Sind Sie sich ganz sicher mit dem Kennzeichen?"

„Ja, ich habe es sogar fotografiert. Sehen Sie: Das Foto ist leider etwas unscharf, da das Auto beschleunigt hat, und um die Ecke fährt, aber man sieht es noch."

„Interessant. Das Autokennzeichen, hm, das ist wirklich schlecht zu erkennen. Die Nummern der Bundespolizei gehen nur bis 523, wie ich gerade erfahren habe. Kann es sein, dass Sie sich mit der Nummer täuschen?"

„Also ich denke, es war 523, aber ich war so aufgeregt ...Die erste Zahl ist doch sicher eine 5 und die zweite eine 2, oder?"

„Schlecht zu sagen, das ist zu unscharf. Aber warum sollte die Bundespolizei Sie abhören? Haben Sie kein anderes Foto?"

„Nein. Aber ich kann Ihnen sogar den Mann beschreiben, der ausgestiegen ist. Passen Sie auf ..."

Nach weiteren zehn Minuten war der Kommissar von meiner Geschichte doch einigermaßen beeindruckt.

„Ok. Also, wir untersuchen jetzt auf jeden Fall Ihr Telefon nach der Wanze und natürlich auch nach Fingerabdrücken. Können Sie den Mann noch mal kurz beschreiben?"

„Ja. Jung, so 25 oder 30, kurze und glatte schwarze Haare, ziemlich dünn, etwas über 1,80m. Er trug eine schwarze Hose und ein schwarzes Jackett, aber ein weißes Hemd oder T-Shirt darunter. Mehr weiß ich nicht."

„Gut. Ich habe es auf dem Diktiergerät. Wir rufen Sie an, wenn wir mehr wissen. Ändern Sie nichts an mehr an Ihrem Telefon. Fassen Sie es gar nicht mehr an. Ich schicke ein paar Leute vorbei."

„Ok. Und wenn die beiden wieder kommen?

„Die Beiden?"

„Ich hatte das Gefühl, der Mann würde zu jemanden im Auto sprechen."

„Gut. Wenn sie was Ungewöhnliches bemerken, rufen Sie uns an. Hier ich gebe Ihnen meine Durchwahl."

Als ich wieder draußen vor der Polizeistation stand, fragte ich mich selbst, warum ich nicht die ganze Geschichte erzählt hatte, aber sie klang einfach so zusammengereimt, so unglaubwürdig. Der junge Mann ..., er kam mir irgendwie im Nachhinein bekannt vor, als hätte ihn ihn schon einmal gesehen. Aber wo? Aber wo?

Zwei Stunden später hatte ich Besuch von zwei netten Polizisten, die mir erst mal die Fingerabdrücke abnahmen, als wäre ich die Verbrecherin und sich dann mit allem möglichen Geräten an meinem Schreibtisch und meinem Telefon zu schaffen machten.

Nach einer weiteren dreiviertel Stunde schließlich ein ziemlich genervter Blick der beiden.

„Und als Sie die Anlage aufdrehten, ist der Mann aus dem Wagen gestiegen und hat sich die Ohren zugehalten?".

„Ja. Haben Sie die Wanze? Wo war sie?"

„Nirgendwo. Hören Sie: Sind Sie ganz sicher, dass Sie abgehört wurden?"

„Aber, aber, ja … das Auto war das gleiche Auto wie bei meinem Bruder und das Kennzeichen …"

„Kommissar Krämer hat gesagt, die Nummer sei nicht zu erkennen und es sei eine recht komische Geschichte. Also in Ihrem Telefon hier gibt es jedenfalls kein Abhörgerät und ich fürchte, die einzigen Fingerabdrücke daran werden die Ihrigen sein."

„Aber, wie ist das möglich? Er hat mich doch gehört und hat geflucht."

„Frau Braun, wir werden die Fingerabdrücke untersuchen, aber Sie können ruhig wieder telefonieren. Es ist keine Wanze in Ihrem Telefon und auch sonst keine in diesem Zimmer. Wir haben diesen ganzen Raum nach Elektrogeräten vermessen. Hier ist nichts außer ein paar Elektrokabeln."

„Dann … warten Sie, dann war es ein Richtmikrofon. So was gibt es doch, oder?"

„Ja, natürlich". Der Polizist nickte und grinste dabei ziemlich überheblich. „So was gibt es. Und wenn der Verfassungsschutz mal Terroristen jagt, kann er so etwas auch mal einsetzen. Aber kein normaler Polizist und auch kein Drogendealer hat so ein Gerät. Das ist schweineteuer. Wir sind hier in Schriesheim und nicht bei James Bond."

„Ich verstehe das Ganze nicht."

Der Polizist zog hörbar die Luft durch seine Nase hoch.

„Wir geben Ihnen Bescheid, wenn wir die Fingerabdrücke überprüft haben".

Dann fuhren sie davon und ich war wieder allein.

Wo zum Teufel war ich hier hineingeraten? Entweder hatten die Typen sich heimlich in mein Haus geschlichen und hatten das Ding entfernt, als ich weg war oder sie hatten ein Richtmikrophon benutzt, das nach Aussage der Polizisten nur Geheimdienste besaßen.

Mein Gott, wenn diese Leute wirklich solche Kontakte hatten, vielleicht hatten sie Ronny das Zeug untergeschoben, weil ich ihn angerufen hatte. Ronny, ich musste Ronny retten. Ich rief den Kommissar an.

„Herr Krämer, wann kann ich meinen Bruder sehen?"

„Sobald Sie es wünschen, allerdings müssten Sie vorher dringend bei mir vorbeikommen."

„Haben Ihre Leute die Fingerabdrücke schon untersucht? Die sind doch gerade mal eine halbe Stunde weg. Wow, das ist ja echt schnell."

„Nein. So schnell geht das nicht. Kommen Sie bitte umgehend ins Kommissariat."

Die Stimme des Kommissars klang so merkwürdig kalt.

„Aber wieso...? Kann das nicht ein bisschen warten? Wissen Sie, ich habe mich nach dem Schock gestern krank gemeldet und wenn mich dann jemand sieht ..."

„Sie stehen innerhalb von einer halben Stunde in meinem Büro oder ich lasse Sie von meinen Leuten abholen, Frau Braun."

Er legte den Hörer auf. Was war passiert? Was hatten die zwei Beamten ihm erzählt? Ich hatte ihnen doch sogar noch einen Kaffee angeboten. Gut, am Schluss waren sie etwas verärgert, weil sie nichts gefunden hatten, aber ich war doch völlig ruhig geblieben. Warum sollte ich jetzt ins Kommissariat?

Eine halbe Stunde später stand ich triefend nass vor dem Kommissar. Es hatte angefangen zu regnen und ich hatte in der Eile vergessen, einen Regenschirm mitzunehmen. Der Kommissar ließ mir immerhin eine warme Decke bringen, aber seine Miene blieb ziemlich unfreundlich. Was war los?

„Nun, Frau Braun, Sie wollen sicher wissen, warum Sie hier sind."

„Ja, ich verstehe überhaupt nicht, warum ich hierher bestellt wurde. Ist das hier jetzt ein Verhör?"

„Sagen wir mal ein Gespräch, das ich aber aufzeichne, wenn es Ihnen recht ist."

„Was ist denn los? Was habe ich denn angestellt?"

„Nun, Sie haben doch vorgestern mit Ihrem Bruder telefoniert?"

„Ja."

„Worum ging es denn da eigentlich?"

„Um nichts Wichtiges. Ich wollte ihn einfach nur besuchen. Ich habe ihm von meiner Reise erzählt und dass ich an einer tollen Story dran bin."

„Was für eine Story?"

„Ja, also ich habe im Urlaub für eine Geschichte recherchiert, die in Peru und Argentinien spielt und vielleicht mit Nazis zu tun hat."

„Sie waren in Peru?"

„Ja, eigentlich zum Urlaub, aber auch um eine Story zu schreiben."

„Haben Sie in Peru irgendetwas gekauft?"

„Eingekauft? Ja, einen Gürtel und einen kleinen Teppich, aber beides zollfrei."

„Sonstige Mitbringsel?"

„Nein, halt doch, warten Sie, ja, ein kleines Lama aus Wolle, ja, und ein paar Indiofiguren aus Holz. Warum fragen Sie mich das?"

„Frau Braun. Wissen Sie eigentlich, woher über 50 Prozent des weltweit vertriebenen Kokains herkommt? Aus Bolivien und Peru. Und wen hat Ihr Bruder angerufen, nachdem Sie ihn angerufen haben? Alfred Lobkowitz, einen bekannten Straftäter, der schon immer groß rauskommen wollte. Und jetzt überlegen Sie noch einmal. Was haben Sie aus Peru mitgebracht? Worin könnte sich möglicherweise Kokain befunden haben?"

Nein! So eine Scheiße. Der Kommissar verdächtigte mich.

„Ich habe nichts mitgebracht. Wirklich nichts. Ich ..."

„Frau Braun. Ich veranlasse bei Ihnen jetzt eine Hausdurchsuchung. Und Sie bleiben vorerst hier und rühren sich nicht vom Fleck."

Jetzt saß ich aber ganz tief drin in der Scheiße. Hatte mir wirklich jemand etwas zugesteckt? Aber wie? Ich hatte den großen Reiserucksack in Buenos Aires noch einmal umgepackt und dann aufgegeben. Die Leute am Terminal? Das war natürlich möglich. Aber ich hatte ihn doch in Frankfurt vom Förderband abgeholt, hatte ihn aufgebuckelt und war damit direkt zum Bahnhof marschiert. Ich hatte nicht nachgeschaut, was darin war. Hatte mir jemand Koks untergeschoben? Aber als ich den Rucksack zu Hause ausgepackt hatte, war nur meine dreckige Wäsche darin gewesen. Beim Umsteigen? Im Bus heimlich ausgetauscht? Nein, das hätte ich doch gemerkt. Und in meinem kleinen Wanderrucksack? In meinem infizierten Laptop? Nein alles zu klein für mehrere Kilo. Unmöglich. Und wie sollte das Kokain auch zu Ronny gekommen sein? Das ergab doch alles keinen Sinn!

Vier Stunden. Vier Stunden auf einer Holzbank im Gang vor den Besprechungszimmern, während es draußen dunkel wurde. Immerhin hatte mir so ein netter Polizeischüler einen Kaffee gebracht und mir auch gezeigt, wo der Kaffeeautomat stand. Es war 9 Uhr abends, als Kommissar Krämer wieder auftauchte. Er sah hundemüde aus…

„Herr Krämer, ich habe Ihnen doch gesagt, dass ich nichts damit zu tun habe. Kann ich jetzt gehen?"

„Nein."

Ich fuhr zusammen. „Was? Aber ich …?"

„Wissen Sie, was das hier ist?" Er hielt ein paar Teebeutel hoch.

„Oh nein! Mein Mate de Coca."

„Sie wissen schon, dass die Ausfuhr von cocahaltigen Genussmitteln verboten ist, oder?"

„Aber, das ist doch nur … Tee!"

„Tee, der in Deutschland verboten ist, Frau Braun."

„Es sind nur zwei Teebeutel, die wir nicht mehr aufgebraucht haben."

„Wir? Mit wem haben Sie denn das konsumiert?"

„Mit einer Urlaubsbekanntschaft! Es ist nur Tee, nicht stärker als irgendein anderer grüner oder schwarzer Tee."

„Es ist verboten."

„O.k. Dann verhaften Sie mich. Aber es ist nur Cocatee, den man dort in jedem Laden kaufen kann, und es ist wirklich kein Kokain drin."

„Das weiß ich und ich will Sie auch gar nicht verhaften. Der Cocagehalt in Ihrem Tee ist so niedrig, dass jeder Richter darüber lachen würde, aber im Prinzip haben Sie sich schon strafbar gemacht und eigentlich müsste ich Sie jetzt anzeigen."

„Eigentlich?"

„Die Sache ist die Anzeige nicht wert, aber ich möchte Sie wirklich ernsthaft ermahnen: Machen Sie keine solchen unbedachten Sachen mehr. Wir haben außer den Teebeuteln nichts weiter bei Ihnen gefunden. Wie es scheint, haben Sie nichts mit dem Kokain zu tun. Was dagegen Ihren Bruder angeht ..."

„Er ist unschuldig."

„Das wird sich herausstellen. Sie können jetzt gehen. Aber Sie halten sich bitte zu unserer Verfügung."

„Danke. Auf Wiedersehen."

Außer einem „Auf Wiedersehen" würgte der Kommissar nichts mehr heraus.

So sah es also nach einer Hausdurchsuchung aus. Ich hatte es mir schlimmer vorgestellt. Keine aufgeschlitzten Sofas und umgestürzten Stühle und Tische. Es war alles fast so, wie ich es verlassen hatte. Na ja, die Bücher und Figuren auf dem Regal, waren falsch angeordnet und der Boden war übel verdreckt. Die Typen hatten sich offensichtlich nicht die Mühe gemacht, ihre Schuhe abzuputzen, und der Weg ins Haus war vom Regen matschig geworden. Abdrücke von Stiefeln und Abdrücke von Hundetatzen. Sie waren tatsächlich mit einem Drogenspürhund gekommen. Ich fühlte mich schlecht, irgendwie schmutzig. Jemand hatte meine Wohnung, meinen privaten Bereich betreten. Ich wischte alles gründlich ab, wo ich die Hände der Ermittler zu spüren glaubte, schnappte mir eine Rotweinflasche und ein großes Glas. Im Fernsehen lief ein alter Tatort. Na super. Irgendwann schlief ich ein, ohne herauszufinden, wer dieses Mal der Mörder war.

Der nächste Morgen war genauso grau wie der gestrige Nachmittag. Oh, Scheiße, nach neun Uhr! Ich hatte verschlafen. Und natürlich klingelte auch schon das Telefon.

„Prinzesschen, bist du aus deinem Schlaf erwacht?"

„Ach Norbert, tut mir leid wegen der Redaktionssitzung, ich hätte dich anrufen sollen."

„Kein Problem, schließlich hat die Polizei schon um 8 Uhr hier angerufen und sich bei mir über dich erkundigt. Sie wollten mir aber nicht sagen, wen du umgebracht hast."

„Sie haben mich verdächtigt etwas mit dem Kokain meines Bruders zu tun zu haben. Norbert, die haben bei mir eine Hausdurchsuchung gemacht. Ich fühle mich so Scheiße. Ich habe mit dem Ganzen doch gar nichts zu tun. Norbert, kann ich nicht einfach mal eine Woche Sonderurlaub machen. Bitte, ich muss mich um meinen Bruder kümmern und schauen, dass alles wieder normal läuft."

„Hm, du warst gerade im Urlaub und dir stehen für dieses Jahr gerade noch drei freie Tage zu."

„Bitte, Norbert. Die drei Tage. Ich bin echt am Ende."

„Ok, Prinzesschen. Aber nächste Woche stehst du hier wieder auf der Matte. Mit einer guten Story über die Ufos, bitte."

„Über die UFOs? Ach Scheiße, meinetwegen auch über die UFOs."

Norbert war doch ein Schatz. Jetzt ein starker Kaffee und die Zeitung.... Na super, da stand es auch schon:

Mannheimer Polizei verhindert Drogendeal. Bei einer gezielten Aktion konnte die Mannheimer Polizei drei Kilo Kokain im Schwarzmarktwert von ca. 500 000 Euro sicherstellen. Der Dealer Ronny B. wurde verhaftet, nach seinen Hintermännern wird weiter gefahndet.

Buh, das verlangte nach noch einem stärkeren Kaffee. „Der Dealer Ronny B.". Das war doch gar nicht bewiesen. Das durfte diese Scheißzeitung doch gar nicht schreiben.

Ich musste zu Ronny.

Halb eins nachmittags. Es hatte ewig gedauert. Online-Anmeldung, telefonische Rückfrage, Terminvergabe, Ausweis-Kontrolle, Sicherheitskontrolle. So leicht kommt man nicht einfach in ein deutsches Gefängnis. Die JVA Mannheim. Eigentlich ein schönes altes Buntsandsteingebäude, wären da nicht die martialisch wirkenden Gitter vor den Fenstern.

Das Besuchszimmer war kahl, nur ein Tisch und zwei Stühle. Ronny sah übel aus: kreidebleich, übernächtigt und unrasiert.

„Hallo Ronny. Wie geht's dir?"

„Scheiße. Wie sonst?"

„Ronny, wir kriegen dich hier wieder raus. Was sagt denn Dr. Wittgenstein?"

„Er meint, er muss erst die Unterlagen der Polizei einsehen, bevor er etwas sagen kann, aber drei Kilo, das heißt im Normalfall mindestens fünf Jahre, wenn nicht zehn. Zehn Jahre, Marisa! Zehn Jahre!"

„Ronny, Dr. Wittgenstein kriegt das hin. Er hat das das letzte Mal auch hinbekommen. Er holt dich hier raus."

„Ey ich habe überhaupt nichts damit zu tun. Null! Irgend so ein Scheißkerl hat mir das Zeug hingestellt und ich weiß nicht warum. Oh, so eine Kacke."

„Aber Ronny, wenn deine Fingerabdrücke doch nicht drauf sind ..."

„Die sind aber drauf! Ich hab' das blöde Paket auf meinem Tisch stehen sehen und hab' versucht es aufzumachen. Und dann kommen schon die Bullen, in voller Montur und mit Knarren und schreien herum, als wär' ich der letzte Terrorist, verdrehen mir den Arm und knasten mich hier ein. So eine Kacke!"

„Ronny, jetzt überleg mal, ganz ruhig. Wer könnte dir denn das Paket hingestellt haben?"

„Was weiß ich? Keine Ahnung. Der Einzige, der kommen wollte, war Walter, aber der hat doch überhaupt keine solchen Connections und der hat auch keinen Schlüssel."

„Und was sagt Walter?"

„Walter ist weg. Die Polizei sucht ihn auch schon überall. Aber der ist doch eh nur wirr. Der hat die Bullen gesehen und ist abgehauen."

Eine kleine Pause. Ronny schüttelte den Kopf.

„Marisa, ich pack das nicht mehr. Ich bin 33. Ich kann nicht zehn Jahre in den Knast. Ich bin echt fertig."

„Ich auch."

„Du?

„Ja. Die Polizei hat geglaubt, ich habe etwas mit dem Kokain zu tun, weil ich in Peru war. Sie haben bei mir eine Hausdurchsuchung gemacht."

„Bei dir?"

„Ja."

„Und?"

„Na nichts, und. Ich habe doch noch nie was mit Drogen zu tun gehabt."

„Scheiße. Ich mag nicht einfahren."

„Ich helfe dir. Vielleicht finde ich Walter. Vielleicht hat der Irre das Zeug doch dort hingestellt. Hast du denn gar keine Ahnung, wo er sein könnte?"

„Nein, keinen Dunst. Hab' ich auch schon der Polizei gesagt. Wenn er nicht in seiner Heimgruppe ist, gondelt er irgendwo auf der Straße herum."

„Es regnet draußen. Wo könnte er sein?"

„Keine Ahnung. Unter irgendeiner Brücke?"

Nach einer halben Stunde war die Redezeit beendet. Ich musste Walter finden. Wo? Ronnys Freund Walter hatte vor ein paar Jahren LSD genommen und litt seitdem unter ständigen Angstpsychosen, war überhaupt nicht mehr er selbst. Ich rief in seinem betreuten Wohnen an. Nein, seit drei Tagen verschwunden, die Polizei hatte auch schon nach ihm gefragt.

Wo steckte er? Gela? Ronnys alte Freundin, die von Shit zu „H" und „Meth" gewechselt war. Ronny wollte absolut nichts mehr mit ihr zu tun haben, aber Walter? Die drei waren früher oft zusammen gewesen. Und ich hatte immer noch ihre Nummer.

Keine Antwort, aber die Nummer gab es scheinbar noch und vielleicht wohnte sie ja immer noch in der Außenstadt.

Zwanzig Minuten später war ich da. Das alte Hinterhaus war noch mehr heruntergekommen. Der Putz bröckelte ab und die Fenster hatten Sprünge. Dort hatten Gela und Ronny früher gewohnt, als beide noch gemeinsam ihr Gras rauchten und Ronny von einer chilligen Familie faselte, während sich sein ganzes sauer verdientes Geld, das er in der Gärtnerei bekam, langsam nicht nur sprichwörtlich in Rauch auflöste.

Typisch, kein Klingelschild und keine Klingel, nur zwei Drähte, die lose aus der Wand hingen. Was passierte, wenn man sie zusammenhielt?

„Ja?" Gelas Kopf ragte aus dem Fenster über mir.

„Hallo Gela. Ich bin's, Marisa"

„Marisa?"

„Ja, die Schwester von Ronny."

„Ronny ist eingefahren."

„Ja, und es geht ihm echt Scheiße. Gela, kann ich mal mit dir reden?"

Gela schaute sich in alle Richtungen um.

„Ok. Komm rauf."

Es war die typische Drogenhöhle, die ich von früher kannte, aber was Ronny noch einigermaßen aufrechterhalten hatte, hatte Gela völlig ruiniert. Das dreckige Geschirr stapelte sich in der Spüle und auf dem Boden lag alles Mögliche herum: Zigarettenschachteln, Kleidungsstücke, Bierdosen und Flaschen, eine kaputte Puppe ohne Augen…Und Gela saß natürlich nachmittags noch im Bett mit einem rosa Schlafanzug mit Nirvana-Aufdruck.

„Hallo, Gela."

„Hallo, lange nicht mehr gesehen. Brauchst du was zu rauchen?"

In Gelas Universum ging es nur noch um Drogen.

„Nein, danke. Gela, die wollen Ronny irgendwas unterschieben, er hat nichts mit dem Koks zu tun."

„Oh Koks ist auch nicht schlecht. Aber sauteuer. Er hätt's besser verstecken sollen."

„Gela, hör zu. Er hat mit dem Koks nichts zu tun. Er ist clean. Hast du irgendeine Ahnung, wo Walter sein könnte?"

„Klar."

Sie schnappte sich einen Joint, den sie scheinbar schnell unter der Bettdecke versteckt hatte, als ich geklingelt hatte und zündete sich ihn jetzt genüsslich an.

„Setz dich doch."

Ich sah mich um. Auf dem Sofa lagen ein zerknülltes Männermagazin und eine Rotweinflasche. Ich setzte mich vorsichtig daneben.

„Wieviel gibst du mir, wenn ich es dir sage?"

„Gela, ich bitte dich, ich habe euch doch früher auch geholfen. Weißt du noch mit dem Umzug? Die Wand da, die habe ich gestrichen."

„Die sieht aber ziemlich kacke aus."

Das war leider richtig. Meine ehemals weiße Wand mit dem bunten Regenbogen hatte lauter braune Spritzer, wahrscheinlich Rotwein. Oder Blut?

„Bitte Gela!"

„Na gut, weil du es bist. Walterchen, komm raus. Die is' nich' von den Bullen. Des is' nur den Ronny seine Schwester."

Auf der Toilette regte sich etwas.

„Walter, komm raus."

Ein schmächtiger hohlwangiger Mann lugte vorsichtig aus der Badezimmertür.

Ein lautes Geräusch in der Nachbarwohnung. Walter fuhr zusammen.

„Sie kommen mich holen."

„Nein, Walterchen. Das war nur der alte Penner von drüben. Setz dich her."

„Sie kommen mich holen."

Er wirkte noch fahriger und verwirrter als bei den letzten Malen, bei denen ich ihn gesehen hatte. Ich winkte ihn zu mir, aber er setzte sich zu Gela aufs Bett. Er sah mich nicht an.

„Walter, du kennst mich doch noch, oder?"

„Ja."

„Walter, du warst doch vorgestern bei Ronny, oder?"

„Ja, bei Ronny."

„Und dann hast du ihm doch was gebracht, nicht wahr?"

„Nein, die Männer haben ihm was gebracht, ein Geschenk für Ronny."

„Du hast jemanden gesehen?"

„Sie gehen einfach rein. Wie machen sie das? Ronny hat ihnen einen Schlüssel gegeben und mir nicht. Warum mir nicht? Bin ich nicht sein Freund? Mag er mich nicht mehr? Aber sie bringen ihm ein Geschenk. Ich habe kein Geschenk. Hat er Geburtstag?"

„Und du hast diese Männer gesehen?"

„Ich…"

„Walter…?"

„Aber sie werden mich holen."

„Nein, bei mir bist du sicher," half mir Gela.

„Sie reden in allen Sprachen. Man kann nicht in allen Sprachen reden."

Walter hatte Linguistik studiert, war ein fitter Kopf gewesen, bevor ihm das LSD alle Synapsen zerschoss und er von einer Psychose in die nächste fiel.

„In welcher Sprache Walter? Sprachen sie Deutsch oder Spanisch?"

„Nein, sie sprechen alle Sprachen. Alle Sprachen. Das geht doch nicht. Man kann nicht alle Sprachen sprechen."

„Alle Sprachen?"

„Alle Sprachen. Ich bin weg. Sie werden mich holen. Sie kommen mich holen."

Walter war nicht mehr ansprechbar. Er kauerte sich zusammen und wimmerte nur noch vor sich hin.

„Der ist fertig. Braucht unbedingt was."

Gela fing an, eine neue Tüte zu drehen.

„Kam hier gestern an und babbelt nur noch irgendetwas von schwarzen Männern, die ihn verfolgen und alle Sprachen sprechen. Der hat echt einen Schaden weg. Magst du ziehen? Das Gras hier ist saugut. Entspann dich mal "
Sie hielt mir den Joint hin.
„Ne, Gela. Ich muss Ronny helfen. Keine Zeit."
„Selbst schuld. Zeit muss man sich nehmen. Komm her, Walterchen. Wir machen es uns hier gemütlich."

Zwei Minuten später war ich draußen.

O.k., offensichtlich hatte Walter zwei Männer in Schwarz gesehen, die bei Ronny das Paket eingestellt hatten und deren Sprache er nicht verstanden hatte. Walter hatte früher immer angegeben, wieviel Sprachen er konnte. Englisch, Französisch oder Spanisch hätte er sicher erkannt. Russisch? Arabisch?

Sollte sie Walter zur Polizei schleppen? Die Aussagen eines Drogenabhängigen mit schweren psychotischen Störungen? Na super.

Sie brauchte einen Plan. Sie würde jetzt erst mal nach Hause gehen und den Anwalt anrufen. Scheiße, kein Akku mehr.

„Ok. Erst mal nach Hause."

Sie sah den Mann in dem abgetragenen Trenchcoat nicht, der hinter ihr aus dem Haus kam, in den grauen Lieferwagen stieg und telefonierte.

„Ich konnte nicht alles verstehen. Der Verrückte hat die Übergabe gesehen. Zwei Männer in Schwarz. Sie hatten einen Schlüssel."

„Und die Frau?"

„Sie hat nur nach den Männern gefragt. Ich glaube sie hat nichts."

„Gut, wir kümmern uns darum."

„Und die Kunden?"

„Quetsch den Verrückten aus. Wir müssen wissen, was er weiß. Und dann sorg dafür, dass die beiden verschwinden."

Mein kleines Reihenhäuschen in Schriesheim. Bei meinem mickrigen Gehalt würde ich es bis ans Ende meiner Tage abzahlen müssen. Aber wenigstens hatte man in der kleinen Nebenstraße Richtung Ladenburg seine Ruhe. Und die brauchte ich jetzt dringend. „My home is my castle", sagte man so schön. Und dann wurde man abgehört und dann wühlt die Polizei in deiner Unterwäsche herum und man fühlte sich plötzlich gar mehr ganz so sicher in seinem Castle.

Während ich den Schlüssel herumdrehte, überlegte ich noch, warum man mich wohl abgehört hatte. Wer außer der Polizei hatte ein Interesse…?

Ich kam gerade noch zur Tür herein, da wurde sie hinter mir zugeschlagen und mein Mund mit einer kräftigen Hand zugehalten. Ich wollte mich wehren, aber plötzlich spürte ich einen metallenen Gegenstand an meinem Hals. Ein Messer? Ich erstarrte. An meinem Wohnzimmertisch saß ein großer, breitschultriger Mann mit schwarzer Lederjacke, der sich langsam erhob. Ein zweiter Mann – oder eine Frau? - hielt mir von hinten das Messer an den Hals. Der Lederjackenmann kam auf sie zu.

„Frau Braun. Sie werden nicht schreien, sonst können wir sehr böse werden. Haben sie das verstanden?"

Ich nickte. Oh Gott, wo war ich hier hineingeraten? Ich zitterte.

„Ganz ruhig. Haben Sie keine Angst. Wir wollen Ihnen nichts tun. Wir wollen nur wissen, woher Ihr Bruder die Ware hatte."

Die Hand löste sich langsam von meinem Mund.

„Ich weiß es nicht. Er hat gar nichts damit zu tun."

„Er hat drei Kilo Koks verdealen wollen. Wie gesagt, wir wollen nichts von Ihnen und wir wollen nichts von Ihrem Bruder. Wir wollen nur wissen, woher er das Zeug bezieht."

„Ich weiß es nicht und er auch nicht. Jemand hat es ihm untergeschoben."

"Drei Kilo Koks? Wir sind nicht blöd, Frau Braun."

Der Lederjackenmann kam lächelnd auf mich zu. Er war unangenehm nah, ich konnte seine Bartstoppeln sehen, seinen üblen Atem riechen.

„Niemand ist so blöd und schiebt jemanden Koks für 500 Riesen unter. Zum letzten Mal, bevor wir etwas gröber werden. Woher hat er das Zeug? Haben Sie es mitgebracht? Wir wissen, dass Sie in Peru waren. Haben Sie die Connection oder hat er es von Don Alonso oder von den Russen? Mannheim gehört uns, die haben sich hier rauszuhalten."

Scheiße, ich war in einen Drogenkrieg geraten.

„Ich weiß es nicht. Glauben Sie mir doch. Ich weiß es nicht!"

Das Messer drückte stärker gegen meinen Hals. Ich bekam kaum noch Luft.

„Fragen Sie Ihren Bruder. Sonst sieht er Sie nie wieder."

„Er weiß doch auch nichts."

„Ich hoffe sehr für Sie, dass ihm etwas einfällt. Denn wenn nicht..."

Er grinste und fuhr mit dem Zeigefinger vor seinem Hals entlang.

Mit einem Mal hörte man Polizeisirenen. Der Lederjackenmann öffnete seinen Mund, neigte seinen Kopf zur Seite und lauschte. Das Sirenengeräusch kam näher. Er blickte seinen Nebenmann an, einen hageren, südländisch aussehenden Mann mit einer üblen Narbe im Gesicht „Fuck Mann!"

Die Hand an meinem Hals lockerte sich plötzlich. Ohne mich zu weiter zu beachten, rannten die beiden Ganoven zur Tür. Ich keuchte, hielt mir den Hals und ging ans Fenster. Die beiden sprangen in einen silbernen Mercedes, der auf der anderen Straßenseite geparkt war. Der Motor startete, doch ein Polizeiauto mit Blaulicht blockierte bereits weiter vorne den Weg Richtung Hauptstraße.

Die Dealer wendeten, die Reifen quietschten, doch auf der anderen Seite fuhr ebenfalls eine Polizeistreife um die Ecke und bremste ab. Dahinter ein Mannschaftswagen. Polizeisirenen und Blaulichter überall.

Der Mercedes kam zum Stillstand. Die Ganoven gaben auf und blieben ruhig sitzen, während die Polizisten ausstiegen und sich vorsichtig mit gezogenen Pistolen dem Auto näherten.

Eine halbe Stunde später war der Großeinsatz vorbei und ich saß mit Kommissar Krämer wieder in meinem Zimmer.

„Wirklich alles ok?"

„Ja. Mein Gott. Solche Angst hatte ich ja noch nie. So ein Glück, dass Sie gekommen sind."

„Das war kein Glück, sondern ein anonymer Anruf."

„Unglaublich. Die glaubten auch, ich hätte irgendwas mit diesem Kokain zu tun. Ich kenne keine Russen oder Don Sonstwie ..."

„Mittlerweile glaube ich Ihnen das sogar, sonst hätten Sie den beiden sicherlich alles erzählt. Wir kennen diese Kerle, echt miese Typen. Die sagen bestimmt nichts aus. Aber wir kriegen sie zumindest wegen Hausfriedensbruch und Morddrohung dran. Und einer von denen hat zwei Jahre auf Bewährung, der rückt auf jeden Fall ein. Was mich interessieren würde, ist allerdings, wer der anonyme Anrufer war."

„Wieso? Ein Nachbar eben."

„Ein Nachbar, der erzählt, dass Sie von zwei gefährlichen Drogendealern bedroht werden? Woher wusste jemand, dass die beiden Drogendealer waren und was sie in Ihrem Haus wollten? Es scheint hier wirklich einen Drogenkrieg zu geben und vielleicht, ich sage jetzt mal nur vielleicht, war Ihr Bruder einfach nur ein Bauernopfer oder eine zufällige Fehladresse."

„Dann lassen Sie ihn frei?"

„Mit drei Kilo Kokain und seinen Fingerabdrücken daran? Auf keinen Fall. Aber zwei anonyme Anrufe und einmal erwischen wir drei Kilo Koks und einmal zwei bekannte Drogendealer. Hier weiß jemand über alles Bescheid und im Moment ist das gut für uns, aber ich glaube nicht an irgendwelche heimlichen Helden. Da geht etwas vor, was mir ganz und gar nicht gefällt."

„Wie meinen Sie das?"

„Wissen Sie, wir haben auch unsere Verbindungsleute, und die sagen, sie wissen nichts, aber alle in der Szene haben Angst. Sie sagen, es fahren Leute herum, die sie nicht kennen. Sie tauchen auf, wenn etwas passiert und verschwinden dann spurlos. Irgendwas ist da im Gange.

Na ja, ich bin gespannt, vielleicht haben wir Glück und die beiden sagen doch etwas aus. Vielleicht haben die eine Vermutung, wer sie hier ans Messer geliefert hat. Wie dem auch sei, ich denke, Sie bekommen keinen weiteren Besuch mehr, denn die Sache spricht sich rum. Also versuchen Sie sich zu entspannen. Erholen Sie sich, aber halten Sie sich zu unserer Verfügung, bitte."

Er verabschiedete sich.

Der anonyme Anrufer! Wer wusste, dass die Typen bei mir waren und wer konnte wissen, wer sie waren und was sie sie bei mir wollten?

Nur jemand, der dieses Haus beobachtete und noch dazu hörte, was hier gesprochen wurde!

Der schwarze SUV! Sie hatte in der Eile vorhin nicht aufgepasst. Er stand bestimmt irgendwo da draußen und die Typen darin hatten mit ihrem Richtmikro oder mit ihrer unauffindbaren Wanze zugehört und dann die Polizei angerufen.

Sie schaute nach draußen durchs Fenster. Nein, da war kein SUV. Vielleicht waren sie weggefahren.

Aber warum beobachteten sie sie? Was hatten sie mit dem Kokain zu tun? Waren Sie von einer anderen Drogenmafia, die die beiden in eine Falle lockten? War das eine Art Drohung an die Russen oder an diesen Don? Und wenn sie selbst an der Herkunft des Kokains interessiert waren, warum spazierten sie nicht auch einfach herein und befragten sie wie die anderen Dealer? Oder ging es hier um etwas ganz anderes?

„Das ging fast daneben."
„Es ist ja nichts passiert."
„Sie wäre fast gestorben. Du kennst unsere Anweisungen."
„Mit der Reaktion der Frankfurter Clans war leider nicht zu rechnen. Aber die Polizei ist jetzt fest beim Thema Bandenkrieg, von da droht uns keine Gefahr."
„Und jetzt? Was machen wir jetzt?"

„Abwarten und beobachten. Sie kann nichts beweisen und wahrscheinlich hat sie noch nicht einmal die geringste Idee, wonach sie suchen muss. Wir bleiben im Hintergrund, aber am besten etwas weiter weg."

Sie hatte schlecht geschlafen. Warum sollte sie überhaupt aufstehen? Sie hatte doch Urlaub beantragt. Scheiße. Sie musste Ronny aus dem Gefängnis holen. Ok. Ab ins Bad, duschen, frühstücken und dann los.

Das Frühstück mit der Zeitungslektüre war heute weniger angenehm. Der nächste große Artikel über UFOs, aber was sie interessierte, stand mittlerweile schon auf der dritten Seite:

Wieder ein Schlag gegen die Kokainmafia. Heidelberger Polizei nimmt zwei bekannte Drogendealer fest. Gibt es einen Zusammenhang zum Kokainfund in Mannheim?

Na super, Gottseidank stand nichts über sie in der Zeitung, nur dass die beiden bei einem Wohnungseinbruch in Schriesheim überrascht wurden. Hoffentlich setzte die RNZ nicht Andi auf die Sache an, der würde bestimmt rausfinden, dass ich die Wohnungseigentümerin und Ronnys Schwester war. Den Rest konnte man sich zusammenreimen.

Das Telefon klingelte. Wer wollte denn vor schon acht etwas von mir? Die Nummer der Redaktion. Na toll, Andi war einfach eine Superspürnase. Sollte ich überhaupt rangehen? Verdammt, ich dachte, Andi wäre krank.

„Hallo?"

„Hallo Marisa."

Die Stimme des Archivars.

„Also ich habe die Adresse mal ein paar alten Freunden gezeigt. Und das L, das hatte in der Schreibschrift früher so einen Schnörkel wie das S und wenn man das als S liest, dann heißt die Adresse Sandhof 1 und die Straße gibt es in Oberhaid tatsächlich, ist allerdings ein bisschen außerhalb vom Ort. Das hab' ich übrigens gegoogelt, hihi."

Der Archivar war ein Schatz. Er war so süß, wenn er vom Googlen sprach, wie von etwas Neumodischem, dass er sich mit seinen 70 Lebensjahren auch noch zutraute.

So, so, der Absender des Briefes lebte also in den 30er Jahren in diesem fränkischen Dorf und schickte Geld nach Argentinien, damit der Vater unseres ehrenwerten Herrn Professors dort studieren konnte.

Meine Geschichte ging weiter. Sollte ich mich um Ronny kümmern oder der Geschichte nachgehen?

Ich rief Dr. Wittgenstein an. Nein, ich konnte im Augenblick nichts machen. Die Polizei würde heute Nachmittag die beiden Ganoven nochmals vernehmen. Die hatten, welch Wunder, schon einen bekannten Anwalt aus Frankfurt angerufen, der sich mit den beiden beraten würde. Eine Aussage ihrerseits hielt er deshalb für unwahrscheinlich. Ich erzählte ihm von meinem Besuch bei Gela und Walter, aber er war meiner Meinung: Vor Gericht wäre die Aussage irrelevant, aber vielleicht würde sie der Polizei bei ihrer Suche nach den wahren Überbringern des Pakets weiterhelfen.

Hm, sollte ich Gela und Walter verraten? Wenn die Polizei bei Gela Stoff fand, rückte sie ein, aber vielleicht wurde sie ja dadurch clean. Wichtig war ja auch nicht Gela, sondern Ronny. Ich gab ihm die Adresse.

„Ok., Herr Wittgenstein. Ich werde sie anrufen, wenn ich …"

Moment. Der SUV. War er da draußen? Nein, nur ein BMW, der zwei Häuser weiter hinten schräg gegenüber auf der Straße einparkte. Wer fuhr hier einen schwarzen BMW? Ich dachte nach.

„Herr Wittgenstein, ich rufe Sie später wieder an."

Wenn mich da draußen wirklich jemand überwachte, warum sollte er das tun? Wenn das die anonymen Anrufer waren, warum hatten sie Ronny der Polizei ausgeliefert und warum hatten sie mir geholfen, als die Dealer kamen?

Dieser junge Kerl, der ausgestiegen war… jetzt, jetzt wusste ich endlich, woher ich das Gesicht kannte! Oh, mein Gott! Das war einer dieser Esperanto-Typen auf dem Foto der Witwe, ein Freund von William Harvey, der mit ihm in Argentinien gewesen war. Die beiden da draußen waren keine Polizisten und auch keine Drogenmafiosis, das waren Leute mit Verbindungen nach Argentinien. Das Geld der Gonzalez! Waren das Neonazis? Oder irgendwelche Leute, die an das Geld aus der Nazizeit rankamen? Oder rankommen wollten? Leute, die nicht davor zurückschreckten, den alten Alberto Gonzalez zu überfahren, aber ihr offensichtlich im Moment nichts tun wollten, sie sogar beschützten. Warum? Was wollten sie von mir? Hatte ich womöglich irgendetwas, was sie nicht hatten?

Der Brief? Plötzlich hatte ich eine Eingebung. Ich sah zum Fenster hinaus und sagte überlaut zu mir:

„So, jetzt setz' ich mich ins Auto, fahr' in dieses blöde Oberhaid und schau mir das an."

Nichts, keine Reaktion. Doch. Das Fenster fuhr herunter und dann … etwas blitzte auf. Ich musste die Augen zukneifen. Blöde Spiegelung, gerade jetzt. Das Fenster fuhr wieder hoch, das Auto startete und fuhr, nein, schoss die Straße hinunter. Sie hatten es mit einem Mal sehr eilig.

OK. Es ging scheinbar um dieses Oberhaid, es ging um dieses Nazigeld und sie wollten jetztvso schnell wie möglich dorthin. Sie wollten dort sein, bevor ich dort war. Es ging um diesen Brief, um diese Adresse in Oberhaid. Was gab es in diesem kleinen Ort zu holen? Lebte dort noch irgendein uralter Nazi? Das war doch fast unmöglich. Er müsste ja 100 Jahre alt sein. Oder lagerten sie dort ihr Geld? Das Bernsteinzimmer? Der verschwundene Goldtransport, den sie immer in Tschechien vermutet hatten?

Ich würde hinfahren, ihnen nicht zu viel Vorsprung geben. Sie wollten mich aus irgendeinem Grund nicht umbringen, denn das hätten sie schon längst gekonnt. Gut, ich hatte keine Chance mit meinem alten Ford gegen ihren BMW, aber er fuhr noch 160, wenn ich das Gaspedal durchdrückte.

Schnell noch ein paar Anziehsachen, Laptop und Handy und los ins Auto. Ich stieß vor Eile fast den Mülleimer um. Ich stieg ins Auto und sah zur Seite. Die Pistole unter dem Beifahrersitz. Verdammt noch mal, die hatte ich ja völlig vergessen. Ich nahm sie mit, legte sie ins Handschuhfach. Stopp. Ich bin doch verrückt. Ich habe zu viele James Bond Filme gesehen. Ich sollte einfach hier sitzen bleiben und alles auf sich beruhen lassen. Die Polizei würde alles richten. Ich sollte Gela anrufen und auf den Anwalt vertrauen…

„Ich ... Ach, Scheiße. Ich fahre jetzt zu diesem Oberhaid. Ich will wissen, wieso sie so schnell dahin wollen. Los Autochen, zeig was du kannst."

Was? Der Schlüssel drehte sich und ... kein Mucks. Was war los? Was stand da? Reifendruck? Ich stieg aus und sah die Reifen an. Beide Reifen auf der rechten Seite platt, absolut platt. Das gab's doch gar nicht. Diese Schweine hatten mir die Luft herausgelassen. Scheiße. Ich stieg aus und warf die Tür voller Wut zu. Ich könnte heulen.

„Ok., Ok. Beruhig dich Marisa."

Ich zog mein Handy heraus und rief den ADAC an.

Es dauerte gerade einmal eine halbe Stunde, bis ein Gelber Engel vorbeikam und mich erst mal anmeckerte.

„Haben Sie es denn schon mal mit Selbstaufpumpen probiert? Sehen Sie, Ihr Auto hat doch ein Pumpgerät hinten im Kofferraum. Kommen Sie, ich zeig Ihnen mal, wie das geht."

Ich habe keine Ahnung von Autos. Autos sind Fortbewegungsmittel. Sie müssen funktionieren und wenn sie es nicht tun, bringt man sie in die Werkstatt oder ruft den ADAC an. Ich bezahle ihn dafür und er bezahlt für die Zeitung, für die ich arbeite. Ich muss nichts von Autos verstehen und er nichts von Layouts. Das sagte ich natürlich nicht, musste dann aber doch grinsen.

„Das gibt's doch nicht!"

Der ADACler gab sich mit seinem Pumpgerät alle Mühe, aber der Reifen schaffte es nicht mal auf Halbmast. Man hörte die Luft aus einem großen Loch zischen.

„So eine Scheiße. Wer macht denn so was?"

Ich zuckte mit den Achseln. Natürlich wusste ich, wer das gewesen war.

„Ich rufe den Abschleppwagen. Das dauert aber eine Weile."

Ich nickte und griff mir mein Handy. Eine säuselnde Stimme: „Guten Morgen, Monika Günter, Avis Heidelberg. Was kann ich für Sie tun?"

Es dauerte nicht einmal eine Stunde, dann hatte ich auch einen BMW und düste über die A 81 nach Oberhaid.

Und ich hatte eine Sprechanlage.

„Hallo, Herr Wittgenstein, hier Marisa Braun. Hat die Polizei inzwischen mit Walter gesprochen?"

„Nein. Es tut mir leid, Frau Braun. Ich habe die Polizei informiert, aber sie hat in der von Ihnen genannten Wohnung niemanden vorgefunden. Ihre Gela und ihr Walter haben sich scheinbar in Luft aufgelöst."

„Ich hätte es mir fast denken können. Hoffentlich ist ihnen nichts passiert. Vielleicht war Gela noch so helle gewesen schnell zu verschwinden. „

„Aber die Polizei sollte sie doch vernehmen?"

„Ja, aber die Drogenleute sind mir gefolgt und die Nazis auch."

„Die Nazis?"

„Ich weiß nicht sicher, ob es Nazis sind, aber sie wollen mich nur aufhalten."

„Wie bitte? Ich verstehe Sie nicht. Was haben diese Nazis mit dem Kokain zu tun?"

„Keine Ahnung. Vielleicht gar nichts. Vielleicht ist alles nur gefaket. Sie wollten mich nur ablenken. Ich sollte ihnen nur verraten, wo sie hinmüssen."

„Wie bitte? Ich verstehe Sie so schlecht."

Ich sah auf die Tachonadel. 170. Ich sollte vielleicht doch etwas langsamer fahren.

„Nicht so wichtig. Sie kümmern sich um meinen Bruder, o.k?"

„Frau Braun, wo sind Sie?"

„Auf der A81 Richtung Würzburg."

„Frau Braun, Sie dürfen Heidelberg doch nicht einfach so verlassen. Sie sollten sich doch für die Polizei zur Verfügung halten."

„Das kann ich jetzt aber nicht."

„Aber ... die Polizei kann Sie steckbrieflich suchen lassen, ist Ihnen das klar? Sie kommen aus einem allgemein bekannten Drogengebiet und Ihr Bruder hat nach Meinung der Polizei etwas mit einem Drogengeschäft zu tun."

„Ich habe nichts damit zu tun und er auch nicht, das weiß die Polizei doch eigentlich auch. Das sind alles nur Nebelkerzen, wenn Sie verstehen, was ich meine. Die wahre Geschichte ist viel größer. Die Leute wollen etwas finden oder verstecken und ich muss hinter ihnen her, damit sie nicht alle Spuren beseitigen können."

„Welche Leute? Welche Spuren? Ich kann Ihnen wirklich nicht mehr folgen. Wenn Sie es mit Kriminellen zu tun haben, sollten Sie unbedingt die Polizei einschalten."

„Dafür habe ich jetzt keine Zeit. Schauen Sie, dass Sie meinen Bruder rausbekommen. Ich muss mich auf den Verkehr konzentrieren."

„Aber ..."

Ich beendete das Telefonat.

Ich war definitiv zu spät dran. Es wurde dunkel, als ich von der A7 auf die A70 abbog, und Nacht, als ich in Oberhaid einfuhr. Mist. Eine leere breite Hauptstraße, ein dunkler Dorfplatz und was stand da? Ein riesiger Hase? Halluzinierte ich schon?

135

Das Navi zeigte den Weg nach links, Richtung Appendorf. Das Dorf war zu Ende und noch drei Kilometer bis Sandhof 1? Das war scheinbar irgend so ein abgelegenes Gehöft im Nirgendwo. Die Straße führte in den Wald. Es war stockdunkel, eine mondlose Nacht. Scheiße. Ich bekam Angst. Noch 500 Meter. Da war eine Lichtung. Und ein Gebäude, ein verdammt großes Gebäude. Das war doch nie und nimmer ein Aussiedlerhof. Ein Kloster? Ein Schloss? Eine große Mauer lief um das ganze Gelände und neben dem Tor war eine Kapelle in die Mauer eingelassen. Doch ein Kloster? Neben der Kapelle gab es einen Forstweg. Ich bog ein und parkte. Die Angst wurde stärker, ich begann zu zittern. Wenn diese Leute mich jetzt sehen würden? Aber es war kein anderes Auto weit und breit. Alles dunkel. Wahrscheinlich waren sie schon weg. Ich machte mir mit meinem Handy Licht.

Das massive Holztor war alt, aber mit einem modernen Sicherheitsschloss versehen. Keine Klingel. Zwei Meter hohe Mauern um die ganze Anlage. Was befand sich Wertvolles darin?

Vielleicht konnte man ja über die Mauer ... Aah! In die Mauer waren oben Glasscherben einbetoniert. Meine Hand blutete. Mist. Ich lugte über die Mauer hinweg. Es war alles dunkel. Die Männer waren nicht hier. Wahrscheinlich waren sie ein paar Stunden früher schon hier gewesen oder es war doch nicht die richtige Adresse. Das Blut lief über meine Hand in den Ärmel. Ich brauchte einen Verband. Das wusste ich wenigstens, wo sich im Auto der Verbandskasten befand.

Ich gab auf. Ich würde morgen versuchen, hier hineinzukommen. Handy, wo ist die nächste Unterkunft? Gasthaus Waller, Oberhaid. Auch gut, vielleicht wussten die Leute im Ort, was hier vorging.

„Ein Zimmer? Ja, natürlich. Kommen Sie rein. Haben Sie viel Gepäck?

Das Gasthaus war wohl eher ein Wirtshaus neben einer Brauerei, aber sie hatten im 1. Stock tatsächlich ein paar rustikal hergerichtete Zimmer und die Wirtsleute waren sichtlich bemüht um einen seltenen Gast.

Nach einer kleinen Verschnaufpause wollte ich mich mal unters Volk mischen und ging hinunter in die Gaststube. Dicke Balken, grünliche Glasfenster aus Butzenscheiben, saubere alte Holztische, einige mit Sitzecken, andere mit Stühlen, dazu eine wohlige Wärme. Ein richtig schönes altes Landgasthaus. Aber selbst an einem Samstagabend saß nur eine Runde von alten Kartenbrüdern an einem der vier Tische. Ich bestellte mir ein Bier, das mir der Gastwirt auch sofort einschenkte.

„Kommen Sie von weit her?"

Die fränkische Freundlichkeit war wie immer frappierend. Man fragt einen unschuldigen Reisenden halt einfach mal aus.

„Na ja, von Heidelberg."

„Und was machen Sie hier?"

Gab es auch so etwas wie Zurückhaltung hier? Distanz?

„Ich ..., ich suche nach Informationen über den Sandhof für eine Reportage. Ich bin Reporterin."

„Ah, deswegen sind Sie bei uns. Aber den haben wir ja schon vor Jahren verkauft."

„Was?"

„Na, das war, so glaube ich, vor 10 Jahren, als mein Vater den Sandhof an den Bamberger Brauer verkauft hat. Ja, so vor 10 Jahren. Ja, die Verkaufsurkunde haben wir noch. Aber die haben das alte Ding auch nicht so lange halten können und haben es an den Professor verkauft."

„Oh, das ist ja interessant. Und wie lange hatte ihre Familie den Sandhof?"

„Oh Gott, den haben meine Eltern nach dem Krieg von der Gemeinde gekauft. Das war irgendwann in den 60ern. Und dann haben die blöden Hippies alles kaputt gemacht. Das war ein Kampf, bis wir die draußen hatten und das Ding verkaufen konnten."

„Also in den 60ern gehörte er der Gemeinde. Und vorher?"

„Das weiß ich net. Aber wenn Sie wollen, hol' ich mal die Chronik, da steht des bestimmt drin."

Er verschwand hinter seinem Tresen und wühlte irgendwo herum. Dann tauchte er mit einem in rotes Kunstleder gebundenen Buch wieder auf.

„Das ist unsere Ortschronik. Die können Sie mal lesen."

„Danke."

Ich schnappte mir das Buch. Wo stand hier etwas zum Sandhof und seinem Besitzer?

Was? Er gehörte einem gewissen Junius, einem Bamberger Bürgermeister, der gefoltert und dann als Hexer verbrannt wurde? Oh Gott, es gab sogar einen Brief von ihm. Sie hatten seine Hände auf dem Rücken gefesselt und ihn dann an der Fessel hochgezogen, bis die Arme völlig verdreht über seinem Rücken hingen. Er gestand nicht. Dann hatten sie ihm die Finger zerquetscht. Er gestand nicht. Mit krakeliger Schrift schrieb er noch einen Brief an seine Tochter, aber der Folterknecht nahm nur sein Geld und gab den Brief den Jesuiten, so dass er beim Bischof landete. Und der ließ Junius bei lebendigem Leib verbrennen. Uff, gruselig genug war das in der Nacht dort draußen wirklich gewesen. Hexerei? Nein, Quatsch, Unfug. Weiter. Die Jesuiten hatten sich den Sandhof anschließend unter den Nagel gerissen, wahrscheinlich als Belohnung für die ordnungsgemäße Hexenverbrennung. Nach der Säkularisation kam er in

Staatshände und wurde zum Forsthaus umfunktioniert. Aber wer wohnte dann darin? Der Förster? Nichts weiter? Keine Information? Mist.

Vielleicht fand ich was in der Chronologie der 30er und 40er Jahre. Was war in der Nazi-Zeit hier los?

Oh Gott, manche Sachen mag man einfach nicht wissen. Wie sie die Kommunisten hier gejagt und an die SS ausgeliefert haben. Und wie die SS die halbnackten toten Juden aus dem Zug am Bahnhof hier 'rausgeschmissen hatten. Aber so ähnlich war das ja überall in Nazideutschland gewesen. Das tolle „Herrenvolk", das wehrlose Menschen grausam umbrachte. Wenigstens hatten die Einheimischen die toten Juden hier beerdigt. Halt, was war das?

Acht Nazis versuchten in den letzten Kriegstagen noch am Sandhof die amerikanische Armee aufzuhalten. Warum am Sandhof? Was hatten die Nazis dort zu suchen?

„'Tschuldigung. Mir schließen."

Oh, ich hatte über der Lektüre fast die Zeit vergessen. Die Kartenbrüder waren schon gegangen und nur noch ich saß einsam in der Dorfkneipe. So war das halt mit Dorfkneipen. Hier saßen nur noch die Alten. Die Jungen fuhren alle in die Stadt oder vergammelten vor ihren Bildschirmen oder Monitoren zu Hause.

„Oh, Entschuldigung. Kann ich das Buch über Nacht ausleihen?"

„Ja, klar. Sie geben's mir aber schon wieder, oder?"

„Natürlich. Übrigens, da steht, am Sandhof hätten acht Soldaten versucht, die US-Armee aufzuhalten und wären dann erschossen worden. Wissen Sie vielleicht, wer die waren? Gibt es da noch Verwandte?"

„Na, die waren nett von hier. Wegen denen haben die Amis aber auf Oberhaid geschossen, wegen den Idioten."

„Und dieser Professor?"

„Der Herr Kopetzky?"

„Ja, lebt der jetzt auf dem Sandhof?"

„Na, der hat ihn gekauft und hergerichtet, aber das Ding ist ja viel zu groß für einen allein. Ab und zu ist der, glaub' ich, mit seinen Studenten draußen.

„Und...?"

Der Wirt öffnete die Tür des Gastraumes, ein klares Zeichen. Er wollte endlich zusperren und ins Bett.

„Wann hätten Sie denn gern ihr Frühstück?"

„Eh ... so um 8 Uhr. Ist das ok?

„Alles klar. Gute Nacht."

Ich konnte noch nicht richtig schlafen und wälzte mich hin und her. Morgen würde ich den Professor anrufen und dann herausfinden, was sich in diesem Gemäuer befand oder befunden hatte, falls es meine unheimlichen Beobachter beiseitegeschafft hatten.

Mein Bruder redete mit einem riesigen Hasen, der hinter ihm stand und nannte ihn dauernd Harvey. Doch niemand konnte den Hasen sehen und plötzlich verwandelte sich der Hase und wurde zu einer Schlange, die Flügel hatte. Und mein Bruder redete mit der Schlange und dachte immer noch, es wäre ein Hase. Doch die Schlange öffnete ihr Maul, die Giftzähne hingen über meinem Bruder, der immer noch mit seinem imaginären Hasen babbelte. Ich rief meinen Bruder, aber er hörte mich nicht ...

Buh, ich wachte schweißüberströmt mitten in der Nacht auf.
Dieser blöde Horrorfilm „Mein Freund Harvey" hatte mich
schon als Kind nicht schlafen lassen, aber ich hatte ihn jahrelang
vergessen. Und diese Scheißschlange! Ich musste an etwas anderes denken. Ich musste wieder einschlafen. Morgen würde
sich alles aufklären.

Es gibt Neuigkeiten.
Die Ufos?
Nein. Europa
Europa?
**Wir fliegen nach London, zum britischen Kongress der Ra-
dioastronomen und du wirst den Leuten dort etwas über un-
sere Arbeit hier erzählen.**
Womit habe ich denn das verdient? Und was ist mit meiner
Arbeit hier?
**Es gibt Wichtigeres. Es ist ein viertägiger Kongress mit
Pausen. Du könntest vielleicht einen Abstecher nach
Deutschland machen.**
Martin grinste.
Viel Erfolg!

Das Gasthaus war gar nicht so übel. Mit dem Frühstück hätte
man auch eine ganze Familie satt machen können. Ich konnte
es kaum erwarten, den Professor anzurufen. Aber um 8 Uhr
früh?
Ich beschloss zuerst einen kleinen Rundgang durch das Dorf
zu machen. Den Riesenhasen gab es wirklich! Eine Figur auf

141

dem Dorfplatz. Welchen Sinn hatte sie? Ein Pärchen schob einen Kinderwagen neben mir vorbei.

„Entschuldigung, Entschuldigung! Ich habe mal eine Frage."

„Ja?", antwortete die Frau, während der Mann den Kinderwagen etwas heftig auf und ab wippte, im verzweifelten Bemühen, dem Kind das wohlige Hin und Her im Mutterleib vorzugaukeln.

„Wissen Sie, wozu der Hase hier ist?"

„Der sollte schon lange nimmer dastehen. Der ist für Ostern, aber für die Kirchweih haben sie ihn dieses Jahr `rausgeholt. Aber die ist auch schon sechs Wochen her. Die streiten sich glaub' ich d'rum, wer ihn aufräumt."

„Und sonst hat er keine Bedeutung?"

„Na, ich glaub' net. Vielleicht wissen's irgendwelche alte Leut'".

Das Baby fing an zu schreien. Der Mann sah seine Frau flehentlich an.

Ich verabschiedete mich. Ok. Ein Gespenst weniger.

Dieses Oberhaid war ja ein ganz nettes fränkisches Dörfchen, na gut, nur wenig wirklich alte Häuser, aber alle schön rausgeputzt. Die Gemeinde schien einigermaßen reich zu sein. Die alte Friedhofskapelle war wirklich wunderschön, romantisch auf einem kleinen Hügel am Rande des Ortes gelegen, eingerahmt von uralten Robinien mit ihren tiefgefurchten Stämmen. Ich erinnerte mich an die Juden. Offensichtlich waren ja nicht alle Dorfbewohner Nazis gewesen und der Pfarrer hatte es damals zugelassen, dass Andersgläubige an seiner Friedhofsmauer beigesetzt wurden. Es gab doch noch Menschlichkeit. Ein Gang um die Kapelle herum und aus war es mit meinen Träumereien von der Menschlichkeit. Es gab an der Mauer tatsächlich eine

Gedenktafel, und zwar für die Soldaten, die beim Sandhof gestorben waren und der Text dazu lautete: „Sie starben den Soldatentod". Warum nicht gleich den Heldentod? „Wegen diesen Vollpfosten von Nazis wurde die Ortschaft bombardiert, zwei unschuldige Männer und ein 13jähriges Mädchen starben dabei", so sollte der Text lauten. Und daneben vielleicht eine Gedenktafel für die toten Juden, die sie aus dem Zug geschmissen hatten wie Abfall.

So, nun aber Schluss mit dem Geschimpfe. Schon 10 Uhr. Nichts wie ran ans Handy. Die Telefonnummer hatte ich von meinem netten Wirt.

„Ja?" Eine weibliche Stimme.

„Mein Name ist Marisa Braun. Könnte ich vielleicht Herrn Professor Kopetzky sprechen?"

„Mein Vater ist in der Uni. Worum geht es denn?"

„Ich bin eine Reporterin und arbeite an einem Artikel für die Zeitung. Ich hätte ihn gerne wegen dem Sandhof gesprochen."

„Tut mir leid. Er kommt erst heute Abend wieder. Kann er unter dieser Nummer zurückrufen?"

„Ja. Er soll mich anrufen oder ich rufe ihn an."

Was jetzt? Ohne den Professor nochmal versuchen, in den Sandhof einzubrechen?

Mein Handy klingelte. Das ging ja schnell.

„Marisa!"

„Martin. So früh rufst du doch sonst nicht an."

„Ich hatte Sehnsucht."

„Wieviel Uhr ist es denn bei dir?"

„Also in Chile ist es jetzt 10 Uhr abends."

„Und dann sitzt du bald wieder am Teleskop."

„Genau, dann sehe ich normalerweise durch die Röhre, wie du so zu sagen pflegst. Was machst du denn gerade?"

„Nichts. Ich warte auf den Anruf von einem Professor."

„Professor? Schon wieder ein Verehrer?"

„Nein. Na ja, ich weiß ja noch nicht mal, wie er aussieht." Ich erzählte ihm die ganze Geschichte.

„Wow. Ich glaube ich hätte an deiner Stelle Angst. Warum gehst du nicht einfach zur Polizei?"

„Die würden mir garantiert nicht glauben und mich wahrscheinlich sogar sofort nach Heidelberg zurückbeordern."

„Hm. Das stimmt. Aber mach keine Dummheiten. Wer weiß, was dieser Professor für ein Typ ist. Irgend so ein alter Nazi?"

„Das weiß ich nicht. Aber keine Angst. Ich pass schon auf mich auf."

„Na, das hoffe ich doch ..."

Das Telefonat baute mich wieder auf. Martin war ein Schatz. Wenn er doch nur hier wäre. Nein, ich hatte keine Angst. Nein, im Notfall würde ich dem Professor meine Pistole unter die Nase halten und ihn zwingen, mir zu sagen, wo die Millionen waren. Hörte ich mir gerade selbst zu? Marisa, was bist du für eine Idiotin? Ich hatte wohl einen Anfall von Größenwahn. Ich wollte allein gegen Nazis vorgehen! Ich hatte doch Angst! Ach, was sollte es. Man musste einfach mal sehen, was dieser Professor für ein Typ war.

Das Handy klingelte schon um 4 Uhr. Der Professor.

„Marisa Braun?"

„Ja?"

„Sie wollten ein Interview mit mir?"

„Ja, ich wollte mit Ihnen über den Sandhof reden. Den haben Sie doch gekauft."

„Und Sie sind Reporterin beim FT?"

„FT? Nein, ich bin von der Rhein-Neckar-Zeitung."

Keine Reaktion.

„Herr Kopetzky?"

„Einen Moment. Gut, das kann stimmen. Beim FT gab es nämlich keine Marisa Braun. Entschuldigen Sie meine Vorsichtsmaßnahmen, aber meine Studenten versuchen immer wieder meine Privatnummer zu bekommen und mir dann irgendetwas zu den Klausuren zu entlocken. Sie glauben gar nicht, was die sich alles einfallen lassen. Woher haben Sie denn meine Nummer, wenn ich fragen darf?"

„Von Herrn Waller, einem der Vorbesitzer des Sandhofs."

„Ach ja, von Herrn Waller, netter Mann. Und was wollen sie jetzt noch mal von mir?"

„Ich würde mich gerne mit Ihnen treffen und mit Ihnen über den Sandhof reden. Ist das möglich?"

„Hm, und was ist an dem Sandhof für Sie so besonders?"

Ich beschloss zu lügen.

„Na ja, da ist doch diese Geschichte mit Johann Junius, der als Hexer verbrannt wurde…"

„Ach so. Ja, diese Hexenverbrennungen. Haben Sie wohl den Film „Seelen im Feuer" gesehen? Da wurde ja diese Geschichte von Junius und seinem Brief auch thematisiert. Aber das Ganze hat mit dem Sandhof doch nur am Rande zu tun."

„Junius hat seinen Besitz doch sicher besucht, dort gelebt. Der Sandhof hat seine Geheimnisse."

„Haha. Das haben schon viele geglaubt, aber da ist nun wirklich nichts dran. Wissen Sie was? Ich wollte ohnehin mal wieder dort nach dem Rechten sehen. Ich habe morgen Nachmittag vorlesungsfrei. Wenn Sie wollen, können wir uns dort treffen und Sie können das Hexenhaus für Ihren Bericht fotografieren."

„Das wäre super."

„Gut, dann bis morgen Nachmittag um 4 Uhr am Sandhof."

Ja, ich hatte es geschafft. Ich kam dahin, wo die geheimnisvollen Männer hin verschwunden waren und zwar ohne über eine Glasscherbenmauer zu klettern.

„Und? Haben Sie was gefunden?"

Der Wirt war immer so gerade heraus.

„Nein. Aber der Professor wird sich mit mir treffen."

„Ja. Der Professor ist nett. Bei der Wallfahrt lässt er die Leute auch in den Garten. Aber heute sind das nicht mehr so viele Leute bei der Wallfahrt. Früher, da sind wir als Kinder immer im Garten herumgesprungen."

„Sie wissen wirklich nicht, wer vor den Hippies dort gelebt hat?"

„Nein, aber vielleicht weiß es die Marga."

„Die Marga?"

„Unsere Dorfälteste. 100 Jahre und immer noch fit. Naja, jetzt kommt sie kaum noch raus, aber geistig ist die noch voll da. Meine Großtante."

„Wo wohnt denn diese Marga?"

Eine Viertelstunde später stand ich vor einem kleinen roten Haus in einer schmalen Gasse und läutete. Die Klingel war entsetzlich laut. Plötzlich öffnete sich die Tür mit einem Ruck und ich stand einer unwirsch dreinblickenden stämmigen großen Frau mit einer gewaltigen Dauerwelle gegenüber. Mir blieb erst mal die Spucke weg.

146

„Was wollen Sie?"

Ich konnte mich an diesen Überschwang von Freundlichkeit einfach nicht gewöhnen.

„Ich bin Reporterin und wollte gern mit Margareta Stark sprechen."

„Die Oma ist net da."

Aus dem Häuschen erklang ein blasses Stimmchen: „Wer is'n da?"

„Weiß net. A Reborderin."

„Na, lass sie rei."

Das Fränkische war für jeden Germanisten ein brutaler Angriff auf die deutsche Sprache. Ich versuchte geistig einfach alles auf Hochdeutsch zu übersetzen.

Die vollschlanke Walküre hielt mir die Tür auf ohne selbst auch nur einen Fingerbreit zur Seite zu gehen, so dass ich mich an ihr vorbeiquetschen musste.

„Also Oma, wenn du mich jetzt nimmer brauchst, ich muss zum Alois." Und schon drehte sich die wuchtige Frau zur Tür hinaus.

„Ja, ja, ist schon gut. Sag schöne Grüß!"

Wer da redete, war eine kleine, alte Uroma, die im Rollstuhl auf mich zugefahren kam. Ich blickte mich um. Außer dem silbernen Rollstuhl gab es fast nichts Modernes in dieser Wohnung. Sie wirkte wie in einem Puppenmuseum. Der Holztisch mit der weißen Tischdecke und den vier Stühlen, die vergilbte Streifentapete, das Kruzifix im Herrgottswinkel, der kleine Tisch in der Nische mit einer alten Nähmaschine darauf, ... Jedes Stereotyp über die Wohnungen sehr alter Menschen war hier erfüllt außer dem topmodernen Rollstuhl und der silbernen Mikrowelle, die nicht so recht zu den vergilbten Porzellantassen in der Anrichte darüber passen wollten.

„Kommen Sie her. Setzen Sie sich. Sind Sie vom FT?"

Ich hatte mittlerweile herausbekommen, was dieser FT war, die lokale Zeitung hier, ähnlich spannend zu lesen wie unsere RNZ.

„Nein, ich bin Marisa Braun von der Rhein-Neckar-Zeitung, von Heidelberg. Darf ich Ihnen ein paar Fragen stellen?"

„Na ja, jetzt is' mer hundert und die Leut' kommen von so weit her, um einen zu sehen. Ja, setzen Sie sich. Setzen Sie sich. Mögen Sie einen Tee?"

Noch einmal 20 Minuten später hatte die Frau mir alles Mögliche über Leute erzählt, die gestorben waren und von denen ich absolut gar keine Ahnung hatte. So super geistig fit war sie halt doch nicht mehr. Und meine Fragen schien sie trotz Hörgerät auch nicht mehr so richtig zu hören.

„Frau Stark, Sie sind doch schon als kleines Mädchen auf diese Wallfahrt zum Sandhof gegangen?"

„Jaja, schön war das immer. Der alte Pfarrer hat gesungen und die Ministranten haben das schwere Kreuz getragen und wir sind hinter ihnen hergelaufen und haben auch gesungen und das waren viele Stationen…"

„Und im Sandhof, da wohnte doch jemand?"

„Ja, der alte Mann, der hat uns doch immer den Garten aufgesperrt und der war so nett zu uns. Ich und die Anna, wir durften sogar einmal ins Haus."

„Und in dem Haus, was war da?"

„Na, viele Bücher und viele Bilder hat der gehabt. Und in einem Zimmer waren so komische Gläser. Aber da hat er uns nicht hingelassen."

„Was für Gläser?"

„Das waren so Sachen wie in einem Labor. Ich glaub', wissen Sie, ich glaub', der hat dort Schnaps gebraut. Die Leute haben bei der Wallfahrt auch immer so viel getrunken. Da gibt's sogar eine CD über die Oberhaider Wallfahrt, aber die ist über die Wallfahrt nach Dörfleins. Wollen Sie die mal hören?"

„Vielleicht ein anderes Mal. Das ist ja so interessant, die Geschichte mit dem Sandhof. Sagen Sie mal, war das vielleicht der Mann?"

Ich hielt ihr eines der Bilder von Alessandro Gonzalez, dem Professor aus Buenos Aires, hin.

„Oh, meine Augen. Nein, das kann er nicht sein, der war doch schon älter, aber er schaut schon ein bisschen so aus. Aber meine Augen, wissen Sie, ich sehe wirklich nicht mehr gut."

„Wissen Sie noch, was mit dem Mann passiert ist?"

„Nein. Es war doch dann Krieg und danach war er auch nicht mehr da. Aber wir sind immer wieder zum Sandhof gewallt, auch noch als die Amis kamen."

„Da waren doch vorher die Nazis am Sandhof."

„Die waren ja überall. Das war eine schlimme Zeit."

„Und die acht Leute, die auf die Amis geschossen haben?"

„Die waren doch nicht von hier. Da ist die Marie damals gestorben, weil die Amis Bomben geworfen haben. Ihre Schwester, die Kuni ist aber erst später gestorben, und ihr Mann, der Alfons ..."

Nach einer weiteren langen Aufzählung von Gestorbenen verabschiedete ich mich. Es war schon verrückt, mit jemandem zu reden, der als Kind noch die Weimarer Republik und als Jugendliche die Nazizeit erlebt hatte. Was für ein Leben.

Aber gut. Ein Mann hatte in den 30er Jahren auf dem Sandhof gelebt, Bücher und Bilder besessen und eine Art Labor betrieben. Eine Schnapsbrennerei? Wahrscheinlich irgendetwas anderes. Hatten sie dort Gold eingeschmolzen? Die acht Nazis hatten versucht, die Amerikaner aufzuhalten. Damit man noch schnell etwas wegbringen oder verstecken konnte? Morgen würde ich mir den Sandhof genauer ansehen.

Das Handy klingelte. Die Reparaturwerkstatt.

„Frau Braun?"

„Ja."

„Die neuen Reifen sind jetzt drauf. Sie können Ihr Auto wieder abholen."

„Ja super. Heute kann ich leider nicht, aber ich komme am Montag bei Ihnen vorbei."

„Gut. Und Frau Braun?

„Ja?"

„Nur mal so interessehalber. Haben Sie irgendetwas mit Lasertechnik zu tun?"

„Mit Lasern?"

„Ja, in den Reifen, die Löcher. Ich habe so was noch nie gesehen. Das sind Löcher von Verbrennungen, aber schön rund gestanzt, wie von einem Laser. Arbeiten sie mit Lasern? Ich dachte, Sie wären bei der Zeitung?"

„Ich bin auch bei der Zeitung. Keine Ahnung was irgendwelche Idioten mit meinem Auto angestellt haben."

„Sie können es auf jeden Fall jederzeit abholen."

„Danke. Auf Wiederhören."

Laser. Das Blitzen, als sie aus der Haustür herausging, war keine Reflektion von einem Fensterdach gewesen, sondern Laserstrahlen auf ihre Reifen. Mein Gott, Laser und Richtmikrophone, mit was für Geräten waren diese Leute ausgerüstet?

Sie konnte nicht schlafen. Sie hatte Angst. Vielleicht sollte sie doch die Polizei einschalten? Die würde sie allerdings sofort nach Heidelberg zurückholen.

Da lag man gemütlich im großen Federbett in diesem Gasthaus mit seinen schönen Eichenbalken, die wahrscheinlich ein paar hundert Jahre alt waren, während da draußen irgendwelche miesen Typen mit den modernsten Waffen des 21. Jahrhunderts herumliefen.

Sie musste diese Gedanken verbannen. Nicht noch ein Alptraum, bitte. Morgen würde sie den Sandhof besuchen und das Rätsel lösen.

„Wir haben alles durchsucht. Es war nichts mehr da."
„Das war anzunehmen. Und die Frau?"
„Sie ist geblieben. Sie wird bestimmt suchen, aber sie wird nichts finden."
„Gut, aber wir müssen auf Nummer Sicher gehen. Ich übernehme selbst."

Der nächste Morgen begann ganz anders als erwartet. Das Frühstück war minimal. Ein Brötchen mit Butter und Marmelade und eine Tasse Kaffee, das war's. Der Gastwirt knurrte ein „Guten Morgen" und sah mich nur böse an.

„Entschuldigung. Aber was ist denn los? Ist irgendwas passiert?"

„Die Marga ist im Krankenhaus."

„Die Marga? Aber gestern war sie noch ganz fit."

„Um acht Uhr kam der Sanka, nachdem Sie bei ihr waren. Sie haben Sie aufgeregt. Sie wollte nie ins Krankenhaus. Sie hat immer gesagt, im Krankenhaus stirbt man."

„Aber wir haben uns gestern noch ganz normal unterhalten."

„Sie haben sie aber aufgeregt. Wann fahren Sie denn wieder?"

„Das weiß ich noch nicht."

„Wir brauchen das Zimmer. Mein Sohn bekommt Besuch."

„Kann ich ein anderes Zimmer haben?"

„Wir brauchen alle Zimmer."

„Ok. Aber ..."

Er nahm mir wortlos das Geschirr weg und ging in die Küche. Ich stand auf. Der Mann hatte die alte Frau offensichtlich sehr in sein Herz geschlossen.

Ich packte meine Sachen in mein Auto und bezahlte die Rechnung. Ich versuchte mehrmals verzweifelt dem Wirt zu erklären, dass ich nicht schuld an der Kreislaufschwäche seiner Großtante war, aber es war sinnlos.

Mir selbst wurde immer mulmiger. Ich sprach mit Alberto und er wurde überfahren. Ich rief Ronny an und er wurde verhaftet, ich ging zu Gela und Walter und schon waren sie verschwunden. Ich sprach mit dieser Marga und am nächsten Tag lag sie im Krankenhaus. Alles Zufälle oder die Beseitigung von Zeugen?

Ok. Ich ließ mich nicht so einfach unterkriegen. Heute Nachmittag würde sich vielleicht alles aufklären. Und wie wäre es jetzt erst mal mit einem Besuch im Rathaus und im Pfarramt? Der Sandhof gehörte schließlich zur Gemeinde, also sollte man dort im Archiv auch Listen der früheren Bewohner haben.

Um 4 Uhr fuhr ich zum Sandhof. Es war ein herrlicher Oktobertag und der Wald erschien mir längst nicht mehr so gefährlich wie zwei Tage vorher. Die Lichtung mit dem Sandhof erstrahlte in goldgelbes Licht getaucht. Zwei mit Schilf bestandene Seen und dahinter das Herrenhaus mit seiner Mauer aus Quadersteinen, ein warmes spätherbstliches Bild. Jemand hatte das alte Gemäuer neu herrichten lassen. Es schien relativ neu verputzt und gestrichen und die Fenster waren neu eingefasst. Ein herrschaftliches Gebäude, das die Jesuiten wohl über dem alten Gutshof des Hexenmeisters errichtet hatten.

Ein weißer Mercedes auf dem Parkplatz neben der kleinen Kapelle. Der Professor erwartete mich schon. Er begrüßte mich mit einem kräftigen Handschlag.

„Frau Braun. Schön Sie zu sehen."

Ein hagerer Endvierziger mit grauen Schläfen, der sich gewählt ausdrückte, eine leichte Jacke, ein beiger Pullover über dem weißen Hemd, eine farblich passende Stoffhose. Ein Professor, wie man sich ihn vorstellte.

„Kommen Sie. Suchen wir nach dem großen Hexenmeister."

Der Sandhof war wirklich eine ziemlich große Anlage. Durch das Tor führte ein kleiner Weg an Apfel- und Quittenbäumen vorbei zum Hauptgebäude. Es gab nur einen Eingang. Der Professor stand kopfschüttelnd vor der Tür.

„Was ist los?"

„Ach, nichts, ich werde scheinbar alt. Ich wollte die Alarmanlage ausschalten, aber sie war schon ausgeschaltet. Scheinbar habe ich das letzte Mal vergessen sie einzuschalten."

„Das glaube ich nicht."

„Wie meinen Sie das? Glauben Sie, Ihr Hexenmeister schaltet Alarmanlagen ab?"

„Nein, aber ich glaube, dass hier ein paar ganz moderne Leute etwas aus der Vergangenheit gesucht haben."

„Sie werden ominös. Wollen Sie mir nicht mal sagen, was Sie hier eigentlich wirklich suchen? Aus Junius Zeiten ist hier nichts mehr außer ein paar Grundmauern."

„Ok. Ganz im Ernst, ich glaube nicht an Hexen und Geister, aber irgendwelche Leute haben sich viel Mühe gemacht, mich davon abzuhalten, hierher zu kommen und ich denke, sie haben die Alarmanlage ausgeschaltet, um ungestört ins Haus zu kommen."

„Hören Sie zu, dann ist das doch ein Fall für die Polizei. Ich werde bei der Polizei anrufen, wenn hier eingebrochen worden ist."

„Vielleicht sollten wir erst mal nachsehen, ob was fehlt."

Die Tür quietschte nur leicht. Gut geölt, dachte ich mir. Dafür knarrten die Holzdielen, die wir nach oben in die Wohnräume stiegen, bei jedem Tritt.

Wir inspizierten ein Zimmer nach dem anderen. Nur drei davon waren einigermaßen für Besucher hergerichtet, die anderen eher staubig, verlassen und ohne Möbel. Die Küche hatte der Professor wohl als besonderen Aufenthaltsraum für Gäste gemütlich ausgestattet mit bequemen Sesseln und einer Leseecke am Kamin.

„Frau Braun, wir sind jetzt durch alle Zimmer gegangen und ich finde nichts, was fehlen sollte. Nirgends ist ein Zimmer aufgebrochen, nichts ist kaputt. Ich glaube, Sie haben zu viel Phantasie und ich habe wirklich einfach vergessen, die Alarmanlage auszuschalten."

„Gibt es irgendetwas aus den dreißiger Jahren in diesem Haus?"

„Aus den dreißiger Jahren? Ich dachte, Sie suchen nach etwas aus Junius' Zeiten? Ich frage Sie jetzt noch einmal. Worum geht es hier eigentlich?"

„Ich weiß es eigentlich auch nicht. Ich vermute, dass irgendetwas Wertvolles aus der Nazizeit hier gelagert war oder vielleicht auch immer noch da ist."

„Oh Gott. Sie suchen nach dem Bernsteinzimmer?"

„Ich habe keine Ahnung. Es ist eine lange Geschichte."

„Erzählen Sie. Erzählen sie! Das interessiert mich!"

Nach einer halben Stunde und zwei aufgebrühten Kaffees nickte der Professor. „Ihre Geschichte hört sich recht spannend an. Das Problem ist, dass hier am Sandhof einfach nichts zu holen ist. Es gab hier überall Müll, als ich mit meinen Studenten hier aufgeräumt habe; und ich habe alles durchgesehen, was hier herumlag. Aber wenn Sie es gruselig wollen, kommen Sie, ich zeige Ihnen etwas."

Draußen vor dem Haus befand sich eine Art Schuppen. Der Professor öffnete den Schuppen und vor mir tat sich ein alter, schlecht erleuchteter und modrig riechender Gang nach unten auf. Ein Geheimgang?

„Kommen Sie. Sie haben doch keine Angst, oder?"

Ich hatte Angst. War dieser freundliche Professor wirklich so freundlich oder gehörte er zu dieser Verbrecherorganisation? Vielleicht war er in Wirklichkeit ein Psychopath, der dort unten seine Opfer folterte? Ich hatte entschieden zu viele Thriller gelesen. Widerwillig folgte ich ihm die feuchten Stufen ins Dunkle hinunter.

„Sehen Sie. Schauen Sie her."

Der Gang nahm in einem kleinen Gewölbe ein Ende.

„Hier geht es nicht weiter. Eine Unzahl von Vorbesitzern hat hier rumgebuddelt, wenn ich von dem Müll ausgehe, der hier rumlag. Sowas hat man in früheren Zeiten als Lager für verderbliche Waren benutzt, sozusagen als Zusatzkeller, weil der Keller des Haupthauses im Sommer zu heiß wurde und viele Sachen verdarben. Aber ich weiß, ein dunkler Gang nach unten in einem einsamen Haus im Wald, da musste doch was versteckt sein oder zumindest ein geheimer Gang nach draußen, damit die Jesuiten sich mit Nonnen treffen konnten. Sehen Sie, meine Studis waren auch hellauf begeistert und haben alle Seiten der Kammer abgekratzt. Hier ist nichts. Absolut nichts."

Ich stand in der dunklen muffigen Steinkammer und blickte mich um. Nein, der Professor hatte Recht, vielleicht jagte ich einfach Hirngespinsten hinterher.

„Kommen Sie. Wir gehen wieder nach oben. Mir ist gerade doch noch etwas eingefallen."

Er führte mich durch das gesamte Haus, diesmal hinauf zum Dachboden. „Dahinten in der Kiste unter den zerbrochenen Ziegeln, da sind noch ein paar Reste, die wir beim Aufräumen gefunden haben und die ich noch nicht wegwerfen wollte, aber es sind nur ein paar Bilder und ein paar alte Bücher. Zu alt, um sie wegzuwerfen und zu neu, um sie ans Antiquariat zu verkaufen. Das ist wirklich alles, was ich Ihnen noch bieten kann."

Ich legte die Ziegel zur Seite und sah mir die Kiste an. Zusammengerollte Bilder und zwei Bücher. Eine alte Bibel und ein alter Roman. Ich rollte die Bilder auf. Es waren nur Faksimile, Drucke von alten Meistern, hauptsächlich Renaissancemaler: Da Vinci, Dürer, Cranach, Michelangelo. Der Roman war „Ein Kampf um Rom", eine alte Schwarte aus dem 19. Jahrhundert, aber eine Ausgabe von 1933. Die in Leder eingebundene Bibel datierte von 1928.

Die Sachen waren aus der Zeit, die ich suchte! Aber es war nichts dabei, mit dem ich etwas anfangen konnte. Keine Notiz, kein Hinweis auf ein Versteck.

„Na, finden Sie etwas?"

„Das ist aus der Zeit, die ich suche, aber …"

„Ich sage ja, wir haben alles zusammengetragen, was an Müll hier war, und haben einen ganzen Lastwagen voll bekommen. Es gab hier nichts Wertvolles. Sie müssen sich irren."

Ich starrte verzweifelt auf die Kiste, drehte die Bilder um. Da stand etwas auf der Rückseite! Nur ganz schlecht zu sehen, in Bleistift, in dieser verdammt schlecht lesbaren alten Schrift.

„Da steht etwas hinten drauf, aber ich kann es nicht lesen."

„Sie geben wohl nie auf. Geben Sie her! Da steht: ‚Fröhliche Weihnachten wünscht dir Winfried'. Nicht sehr geheimnisvoll."

„Gibt es da noch mehr?"

„Sehen wir mal. Also die Bilder waren scheinbar ein Weih-nachtsgeschenk von Freunden. Hier: …von Irmgard, von Ma-rius, von … haha, das ist lustig, von Klaus für Klaus."

„Klaus! Er war hier."

„Sie meinen den Klaus, der Ihrer Meinung nach Geld nach Argentinien geschickt hat?"

„Ja. Er hat in den 20er und 30er Jahren hier gelebt."

„Aber warum hat er Geld nach Argentinien geschickt und woher hatte er das Geld?"

„Das weiß ich nicht."

„Eine tolle Geschichte, vielleicht sollte man mal in der Ge-meinde nachfragen, wer der Mann war."

„Das habe ich heute früh schon getan."

„Ja und?"

„Als die Amerikaner kamen, hat der damalige Nazi-Bürger-meister alle Akten verbrennen lassen. Es gibt aus dieser Zeit kaum Nachrichten."

„Und in der Pfarrgemeinde?"

„Der Pfarrer war nicht zu erreichen. Im Moment versorgt ein Pfarrer aus Ghana Oberhaid und drei weitere Gemeinden und rotiert dadurch ziemlich. Es gibt scheinbar keinen Menschen in Deutschland mehr, der noch katholischer Pfarrer werden möchte. Ich werde es morgen noch mal probieren."

„Na dann viel Glück. Es ist ja wirklich eine spannende Ge-schichte, darüber könnte man ja auch mal eine Geschichtsarbeit schreiben lassen. Aber wissen Sie…," er schaute auf seine Uhr.

„Es ist jetzt schon 8 Uhr und ich muss für morgen früh noch einiges vorbereiten."

Er stand auf und wollte gehen. Ich starrte auf die Kiste.

„Herr Kopetzky?"

„Ja?"

„Kann ich hierbleiben?"

„Was?"

„Dürfte ich hier eine Nacht verbringen?"

„Sie wollen unbedingt irgendetwas Schauriges erleben. Es gibt in Bamberg ein paar gute Hotels und Sie können ja morgen wiederkommen. Nein, halt, das geht nicht, morgen ist nach dem Seminar noch Fakultätskonferenz. Also bis übermorgen."

„Bitte!"

„Sie sind wirklich unerbittlich. Was soll es Ihnen bringen? Wie gesagt, wir haben alles durchsucht. Hier ist nichts."

„Bitte!" Ich probierte meinen besten Hundeblick aus. Hoffentlich funktionierte es.

„Also normalerweise mache ich sowas nicht. Aber ich habe im Frühjahr eine Tagung in Ihrem schönen Heidelberg und ich hoffe, Sie können sich dann revanchieren. Mindestens eine kompetente Führung durch die Innenstadt mit Hinweisen auf die wichtigsten Schriftsteller und Philosophen. Inklusive eines guten Mittagessens.

„Ich verspreche Ihnen alles."

„Ich hoffe, Sie haben bis dahin die gesammelten Werke Heideggers und Adornos gelesen."

Ich hatte eine dumpfe Ahnung, wer die beiden Leute waren. Das waren so Namen, mit denen die High Society an der Uni um sich warf. Ich war einmal mit einem Freund auf einer Burschenschaftsparty mit Ehemaligen gelandet und einer hatte sich damit gebrüstet, wie man Adorno wirklich verstehen müsste. Anschließend war mit dem Freund Schluss. Nicht ablenken lassen. Weiter dem Hundeblick vertrauen.

„Bestimmt. Bitte!"

„Übernehmen Sie sich nicht. Also gut, ich vertraue Ihnen. Aber Sie schließen gut ab und bringen mir morgen den Schlüssel in die Uni. Feldkirchenstraße 11, Zimmer 121. Das Seminar ist um 12 Uhr zu Ende. Bitte enttäuschen Sie mich nicht. Ich glaube immer noch an das Gute im Menschen."

Eine halbe Stunde später war ich allein in dem großen alten Gemäuer und schaute hinaus auf den See und den Wald. Es wurde langsam dunkel.

Ich packte meine Sachen im Gästezimmer aus und starrte zum x-ten Mal auf die Kiste, die ich vom Dachboden geholt hatte. Irgendetwas musste doch noch aus dieser Zeit existieren. Warum sonst waren die beiden Männer hierhergefahren? Aber der Professor hatte gesagt, es fehlte nichts.

Ich hängte die Bilder auf. Hoffentlich sah der Professor die Reißnägelabdrücke morgen nicht. Dürers Selbstbildnis, Michelangelos Deckengemälde, Cranachs Jungbrunnen, Leonardo da Vincis letztes Abendmahl. Die Farben waren verblasst, aber für die damalige Zeit bestimmt recht gute Reproduktionen.

Gab es auf den Bildern irgendeinen Hinweis auf das Geld? Wie machte man das als Profiler in meinen Lieblingskrimis? Man versetze sich gedanklich in den Menschen hinein, den man sucht.

Klaus lebt hier, er hat Freunde, die ihm zu Weihnachten Bilder seiner Lieblingsmaler schenken, er liest historische Romane und die Bibel. Wenn die jährliche Wallfahrt kommt, ist er nett zu den Kindern und sie dürfen sogar ins Haus. Er hat viele Bücher und betreibt eine Art Labor. In der Nazizeit schickt er Geld nach Argentinien und unterstützt dort eine Familie. Dann bricht der Krieg aus und er verschwindet.

Woher hatte er das Geld? Wovon hatte er gelebt? Welche Apparatur hatte die alte Marga gesehen?

Ich starrte die Bilder an. Nichts, kein erkennbarer Hinweis. Die Bücher – kein verräterischer Knick, kein Gekritzel. Wenn sie wirklich diesem Klaus gehört haben sollten, war er ein sehr ordentlicher Leser gewesen. Verdammt noch mal, irgendwo musste doch noch ein Hinweis sein. Ich würde morgen dem Professor die Schlüssel wieder geben müssen. Ich schaute zum Fenster hinaus. Eine sternenklare Nacht. Martin wäre begeistert. Tausende von Sternen funkelten dort oben am Himmel. Und ein Stern fiel. Eine Sternschnuppe! Ich hatte in letzter Zeit mehrere Sternschnuppen gesehen, aber nur der Wunsch nach Martin war in Erfüllung gegangen. Martin, ich brauche dich. Ich drehte mich um und die Bodendiele unter mir knarrte. Sonst war alles still. Eigentlich war alles hier schon ziemlich unheimlich. Ich war alleine in einem großen dunklen Haus mitten im Wald, weit entfernt von den nächsten Menschen. Handyempfang miserabel. Egal. Licht aus und Ende. Ich musste versuchen zu schlafen.

Es klopfte. Ich schoss hoch. Es klopfte unten an der Haustür. Mein Gott, wer war da draußen? Grässliche Bilder aus Horrorkrimis und Vampirfilmen zischten durch meinen Kopf. Es klopfte. Ich war allein. Ich hüpfte im Schlafanzug zu meinem Koffer, zog die Pistole heraus und lief mit ihr in der Hand nach unten.

„Wer ist da?"

„Hallo Marisa. Überraschung!"

„Martin!"

Ich öffnete die Tür. Das war Martin!

„Martin. Wie...?"

Weiter kam ich nicht, ich fiel ihm um den Hals und küsste ihn.

„Ich bin so froh, dass du da bist. Wie, wie kommst du denn hierher?"

„Na ja, eigentlich bin ich gar nicht hier, sondern in England auf einem Kongress. Aber ich habe gedacht, ich mache mal einen kurzen Abstecher nach Deutschland."

„Aber..."

„Ähem, kannst du vielleicht mal die Pistole wegnehmen, ich habe keine Lust erschossen zu werden."

„Oh, Entschuldigung. Aber wie...?"

„Kann ich auch mal reinkommen?"

„Ja, klar. Oh, das ist so toll, dass du da bist. Ich muss dir so viel erzählen."

Eine Viertelstunde später saß ich wieder in der Küche mit dem nächsten Kaffee und erzählte von meinen neuesten Erlebnissen.

Er schüttelte den Kopf.

„Verrückt, einfach verrückt. Aber es ergibt irgendwie auch einen Sinn. Der Typ hier hatte offensichtlich Geld, das er vielleicht mit illegaler Schnapsbrennerei verdiente. Ob dieser Urbino ihm das Leben gerettet hat und er ihm dafür lebenslang Geld geschickt hat? Vielleicht hat er aus Versehen Methylalkohol hergestellt und wäre ohne diesen Urbino daran gestorben. Oder ..."

In diesem Moment meldete sich das Handy. Eine unbekannte Nummer.

„Ja?"

„Frau Braun. Es hat sich alles aufgeklärt."

Der Kommissar!

„Wie bitte?"

„Ihr Bruder ist wohl unschuldig. Wir haben das Paket nochmals überprüft. Es waren an der Unterseite auch andere Fingerabdrücke vorhanden, und zwar die der beiden Typen, die bei Ihnen aufgetaucht waren. Sie haben Ihrem Bruder das Kokain wohl untergeschoben, aber sie geben das natürlich nicht zu. Und das Fahrzeug, dass Sie beschrieben haben, war wirklich von der Bundespolizei. Es gehörte zu einem Hauptkommissar aus Frankfurt, der mit dem Dienstfahrzeug privat in Heidelberg war. Als er von Ihrem Fall hörte, interessierte ihn das und deswegen stand er mit seinem Wagen vor Ihrem Haus."

Ich war wie geplättet. Mein ganzes Gedankengebäude fiel plötzlich wie ein Kartenhaus in sich zusammen. Keine Geheimorganisation, die mich überwachte, sondern ein Hauptkommissar auf Privattour. Die grässlichen Drogendealer hatten meinem Bruder das Kokain untergeschoben. Aber warum hatten sie dann nach dem Auftraggeber gefragt? Das war doch unlogisch!

„Gute Nachrichten?", fragte Martin lächelnd.

„Ja, alles gut.", antwortete ich geistesabwesend. Ich war verrückt, aber ich hatte plötzlich einen furchtbaren Verdacht: Martin tauchte hier mitten in der Nacht auf und alles löste sich plötzlich in Luft auf.

„Sag mal, weißt du eigentlich irgendetwas über geflügelte Schlangen?"

Martin sah mich ungläubig an. Ich meinte ein Zögern wahrzunehmen.

Du meinst die gefiederte Schlange, Quetzalcoatl? Ich finde die Geschichte ganz interessant, so einen Gott, der den Menschen die Zivilisation bringt und dann verschwindet. Fast wie Viracocha in Peru. Aber warum fragst du so komische Sachen?"

„Ach mir geht diese Frau Kreuzer nicht aus dem Kopf. Sie hat sich die geflügelte Schlange auf die Schulter tätowieren lassen."

„Interessant. Vielleicht war sie mal in Amerika?"

„Das kann sein. Aber ich denke eher, dass sie was mit dem Professor hatte."

Martin lächelte. „Tja, diese Professoren mit ihren weißen Schläfen und ihrer großen Brieftasche. Da kann unsereiner nicht mithalten."

„Du bist ein Idiot. Du willst nur hören, dass du viel toller bist als jeder Professor."

„Und schon habe ich es gehört. Übrigens habe ich auch eine überaus wichtige Frage."

„Welche?"

„Ich darf doch hier übernachten oder muss ich draußen in der Kälte schlafen?"

„Du Quatschkopf. Natürlich."

„Dann hol ich mal kurz meine Sachen aus dem Auto."

Komisch, sobald er draußen war, stieg dieser grässliche Verdacht wieder in mir auf. Ich brauchte Gewissheit. Ich gab Martin Westphal und Kongress in England ein. Ja, er war dort tatsächlich Redner mit drei Vorträgen zur Analyse von Gravitationswellen.

Ich war beruhigt. Manchmal will man einfach nicht von seinen Vorstellungen, von seinem Weg lassen, klammert sich an eine Geschichte, die nach den Fakten einfach falsch ist. Schluss mit dem Ganzen. Genieße deine Zeit, Marisa.

Es war eine ungewöhnliche Nacht. Ich konnte innerlich immer noch nicht loslassen und Martin spürte es. Er war so lieb, so verständnisvoll. Schließlich schlief ich in seinen Armen ein.

Er lag nicht mehr neben mir. Wo war er? Wieviel Uhr war es? 5 Uhr morgens! Es war noch dunkel draußen.

Die Tür ging auf. Martin war schon angezogen.

„Sorry, Marisa, aber ich muss gehen. Ich muss zurück nach England."

„Was? Ach so, dein Vortrag". Ich blinzelte verschlafen, stand auf und umarmte ihn. „Es war so schön, dass du da warst."

„Ja, ich wollte, es würde ewig dauern, aber ich muss los. Vielleicht schaffe ich es, übermorgen noch mal vorbeizukommen, bevor ich wieder nach Chile fahre."

„Ich warte auf dich. Ich plündere mein Sparschwein und komme an Weihnachten auf jeden Fall zu dir."

„Du bist verrückt."

„Du auch."

Wir lachten und wir küssten uns. Dann ging er.

Mir war zum Lachen und zum Weinen. Es war so schön gewesen und jetzt war er weg. Und ich hatte mir Gedanken wegen diesem blöden Nazizeug gemacht. Es gab viel Wichtigeres im Leben. Ich stieß die Kiste mit den Büchern um. Schluss damit.

Was? Der Bibelumschlag war aufgeklappt und … da lugte ein Zeitungsausschnitt heraus. Ich nahm den Zettel zitternd aus dem Umschlag. Ein Artikel über Reichkanzler Marx und auf der Rückseite …

Nein! Nein! Nein!

Das war nicht möglich! Das war nicht möglich! Das Foto! Die Überschrift: *„Zum Treffen der Esperantogesellschaft am 26. März trafen Honoratioren aus ganz Deutschland zusammen …"* Aber die Leute…!

Das waren genau die gleichen Leute wie auf dem Foto der Witwe! Und sie waren genauso alt wie auf dem Foto 80 Jahre später!

Sie war doch nicht verrückt. Ihr Tablet. Das Foto der Witwe. Ja, ein paar Leute fehlten, aber sonst waren es die gleichen Gesichter. Da waren Harvey und der junge Mann aus dem SUV. Und die Frau im Hintergrund, … das war Frau Kreuzer!

Es war verrückt, es war absolut unmöglich, aber es konnte nach all dem hier nicht anders sein. Dies war kein abgedrehter Horrorfilm, dies war die Realität, die brutale Realität. Und die Menschheit hatte keine Ahnung. Und das sollte sie auch nicht haben, dafür sorgten sie schon.

Sie fröstelte. Die Menschen, die mit einem Mal nicht mehr mit ihr reden wollten, das ominöse Virus, die unsichtbare Abhöranlage, die merkwürdigen Löcher in ihren Autoreifen, alles kleine Störungen, die sie von ihren Nachforschungen abhalten sollten. Doch sie hatte den Beweis gefunden, sie hatte das Foto. Und sie wusste, was es bedeutete. Und wahrscheinlich wussten sie in diesem Moment auch schon, dass sie es wusste. Gänsehautschauer liefen über ihren Körper. Wer immer sie waren, jetzt hatten sie einen Grund, sie zu töten. Sie war allein. Halt! Martin! Vielleicht konnte sie Martin noch aufhalten!

Sie rannte zur Tür hinaus in die dunkle Nacht, durch den Innenhof zum großen Tor. Vielleicht war Martin ja noch nicht weggefahren. **Aah!** Das grelle Licht blendete sie. Sie schlug die Hände vor die Augen. Als sie sie wieder blinzelnd öffnete, sah sie das große Nichts. Wie kann man ein Nichts sehen? Der See und der Wald dahinter waren im Mondlicht klar zu erkennen, aber davor bewegte sich etwas, etwas großes Durchsichtiges. Man konnte durch das Ding hindurchsehen, aber an den Rändern merkte man eine Unschärfe, als würde sich eine Glasscheibe über ein Bild verschieben. Und das Ding wurde schneller, schoss nach oben, wurde dabei immer heller, wie eine Sternschnuppe, die in die falsche Richtung flog.

Es war weg. Sie stand am Tor und atmete schwer. Martin, sie hatten sich Martin geholt! Aber warum? Warum ihn? Warum nicht sie? Martin … wo war sein Auto? Auf dem Parkplatz stand nur ihr Leih-BMW. Keine Spur eines weiteren Autos. Sie spürte, wie sie eine Gänsehaut bekam. Sie hatte sein Auto doch gar nicht gehört, als er gekommen war. Mein Gott, er war doch einer von ihnen!

Wie im Traum schloss sie das Tor und schlich zurück zum Haus. Im Gästezimmer brannte Licht. Und ein Schatten bewegte sich hinter den Fenstern!

Sie ging weiter, Schritt für Schritt auf das Haus zu, als würde sie magisch angezogen. War sie das selbst oder hatte eine fremde Macht von ihrem Willen Besitz ergriffen? Warum rannte sie nicht weg? Warum ging sie immer weiter? Sie wollte in das Haus, sie wollte wissen, wer oder was dort auf sie wartete.

Die Stufen der Treppe knarrten, als sie mit schweren Schritten hinauf in den Wohnbereich ging.

Sie öffnete die Tür des Gästezimmers. Niemand. Das Foto. Wo war das Foto? Sie kniete sich auf den Boden und wühlte in der Kiste. Nichts. Es war weg. Ihr einziger Beweis war weg. Sie begann zu schluchzen.

Der Fußboden hinter ihr knarrte. Sie drehte sich langsam um. Er stand knapp zwei Meter hinter ihr. William Harvey alias Alessandro Gonzalez alias Klaus. Er sah wieder aus wie auf dem Studentenfoto aus der Uni, ein zwanzigjähriger dunkelhaariger Mann mit einem leichten Kinnbart, wie man ihn heutzutage trug. Sie stand auf. Der Revolver lag immer noch auf dem Tisch, aber er war näher an ihm als an ihr. Sie hatte keine Chance.

„Wer sind sie? Was wollen Sie? Was habt ihr mit Martin gemacht?

„Etwas viele Fragen, Frau Braun, das liegt wahrscheinlich an Ihrem Beruf. Martin geht es gut. Er muss doch in drei Stunden auf dem Kongress in London sprechen. Haben Sie das vergessen?"

Ja, das stimmte. Das hatte sie ganz vergessen. In drei Stunden. Warum hatte sie das denn nicht gemerkt? In drei Stunden konnte man nicht von hier nach England fahren. Es sei denn, man flog mit einer Sternschnuppe oder einem UFO.

Sie richtete sich auf und näherte sich dem Tisch. Mit einem Satz war sie an der Pistole, drehte sich und richtete den Lauf auf Harvey.

„Hände hoch!"

Harvey rührte sich nicht. In allen Filmen klappte das. Warum hier nicht? Ihre Hände zitterten.

„Hände hoch oder ich schieße."

Harvey rührte sich nicht.

„Das ist kindisch, Señora Braun."

„Halten Sie den Mund. Was sind Sie? Woher kommen Sie?"

„Was? Woher? Ach so, ich verstehe. Wir benutzen diskusförmige Gleiter, also sind wir irgendwelche Aliens. Sie haben so viel herausgefunden, aber Ihre Schlussfolgerung ist leider völlig falsch."

„Oh nein, Sie legen mich nicht mehr rein. Sie sterben nicht. Sie tauchen immer nur wieder woanders auf und sind immer wieder 20 Jahre alt. Sie sind kein Mensch!"

„Nur weil ich nicht sterbe?"

„Es gibt keine unsterblichen Menschen."

„Sind Sie sie da ganz sicher?"

„Es ist unmöglich."

„Vor hundert Jahren hätte niemand gedacht, dass man in einer Sekunde Bilder von einem Kontinent zum anderen schicken kann, dass man schneller als der Schall oder sogar zum Mond fliegen kann. Nichts ist unmöglich.

„Ich glaube Ihnen nicht."

„Ist Martin kein Mensch? Fühlte er sich nicht an wie ein Mensch?"

Sie war verunsichert.

„Er hat sich auch für Sie eingesetzt. Und ich muss sagen, ich dachte in letzter Zeit selbst schon daran, Sie bei uns aufzunehmen."

Aufnehmen? Eine dunkle Ahnung stieg in ihr auf: ‚Vampire Diaries!'

„Ihr seid so eine Art Vampire, oder? Ihr ernährt euch von Blut, oder so etwas?"

Harvey lachte. Er schüttelte sich fast vor Lachen.

„Nein, Sie haben wirklich eine blühende Phantasie, Señora. Aber vielleicht können wir so etwas wie Sie auch gebrauchen."

„Ok., Sie sind also keine Aliens und keine Vampire, keine Monster. Sie sind Menschen, unsterbliche Menschen."

„Jetzt kommen wir der Sache endlich näher."

Sie ließ langsam ihre Waffe sinken.

„Aber das ist doch unmöglich. Wie geht das? Wer sind Sie?"

„Wieder so viele Fragen. Nun, sagen wir so, es gibt so etwas wie den Jungbrunnen, wirklich …"

„Sie sind Ponce de Leon, sie haben ihn gefunden."

„Nein, der arme Ponce ist auf die Märchen der Indianer hereingefallen. Die Idee hatte er allerdings von mir."

„Der Jungbrunnen. Man steigt hinein und wird wieder jung."

„Na ja, fast so."

Harveys Blick wanderte zu den Gemälden und blieb auf dem Bild mit dem Jungbrunnen hängen.

„Ein schönes Bild. Allerdings nicht mein Bestes."

„Nicht Ihr Bestes? Sie … Sie haben es gemalt. Sie sind …. Lukas Cranach."

„Nun, ja, eigentlich nur Lukas, der Maler. Ich habe nur in Kronach gelebt, daher kam die Bezeichnung Cranach."

„Aber sie waren doch nur ein Maler."

„Ja, und ein Erfinder, das wissen die wenigsten. Viele meiner Freunde experimentierten damals, hauptsächlich um Gold herzustellen. Wir versuchten uns an allen möglichen Reagenzien, aber Gold kann man nicht herstellen. Manchmal hatte einer von uns einen Glückstreffer und erfand nebenbei solche Sachen wie Porzellan. Der gute Böttger bezahlte seine Entdeckung allerdings mit jahrlanger Festungshaft, damit er niemanden die Rezeptur verraten konnte.

Ich suchte eigentlich nur ein Mittel gegen den Ausschlag, den ich immer wieder hatte und der mich schrecklich quälte. Und ich hatte wesentlich mehr Glück als alle meine Freunde zusammen.

In Kronach hörte ich damals von einer alten Hexe, die 100 Jahre alt sein sollte und trotzdem noch ohne Krücken durch den Wald lief. Ich besuchte die alte Kräuterfrau, die tatsächlich für ihr angebliches Alter ungewöhnlich fit wirkte. Ich unterhielt mich mit der Alten und sie zeigte mir ihr Gebräu, das sie sich jeden Tag braute, um jünger auszusehen. Es kostete mich ein Vermögen, ihr Rezept zu bekommen, aber das Mittel wirkte auch bei mir ein bisschen. Und ich begann damit zu experimentieren, veränderte die Zusammensetzung, mischte andere Stoffe dazu, die damals als lebensfördernd galten. Die meisten meiner Elixiere waren wenig wirksam, aber ich wurde immer besser und schließlich vermochte ich es, aus meiner alten Katze binnen einer Woche eine junge zu machen, indem ich ihr das Gebräu einflößte. Ich war besser als dieser Doktor Faustus, den die armen Schüler in Deutschland immer wieder lesen müssen. Es gab keinen Teufel, mit dem ich einen Pakt schließen musste, es gab nur die Wissenschaft und den Sieg über den Tod, über diese schreckliche Geißel der Menschheit."

„Das war vor 500 Jahren!"

„Ja, man wird alt."

Er grinste.

„Heute experimentieren und produzieren wir natürlich längst nicht mehr in irgendwelchen staubigen Alchemiegewölben, sondern in modernen Forschungslaboren in aller Welt. Ich könnte Ihnen heute erzählen, dass die Essenz der Hexe hauptsächlich die Telomere am Ende unserer DNA-Stränge bei jeder Replikation mit AT-Basen ergänzt und meine kleinen Beimischungen von damals diverse Reparaturenzyme aktivieren, falls sie Interesse an Molekularbiologie haben.

Ich hörte nur noch benommen zu, mein Blick blieb an dem Foto hängen.

„Ihre Familie, Ihre Kinder. Die Leute auf dem Bild, sind das alles Ihre Kinder?"

„Einige ja, andere nein. Natürlich habe ich meiner Familie ebenfalls den Jungbrunnen geschenkt, aber erst als ich ihnen den heiligen Eid abnahm, nur einem einzigen Menschen in ihrem ganzen Leben davon zu erzählen. Diesen Schwur muss jeder von uns ablegen, sonst würde unsere Welt vor lauter Unsterblichen platzen. Viele haben ihre Frauen als einzige Person mitgenommen, andere eins ihrer Kinder, einige sogar ihren besten Freund. Die Menschen auf dem Bild sind mein Freundeskreis, kaum meine Familie, Barbara einmal ausgenommen.

„Frau Kreuzer?"

„Gut kombiniert. Ja, so nennt sie sich gerade, meine Tochter."

„Ihre Tochter. Ihr spielt Gott und entscheidet, wer ewig leben darf und wer nicht. Wer gibt euch das Recht dazu? Ihr seid keine Menschen, ihr seid Ungeheuer."

„Sie haben Recht, aber wir sind keine Ungeheuer. Es tut uns immer wieder weh, ungeheuer weh, unsere Freunde und Familien zu verlassen, sie trauernd an unserem Grab zu sehen. Aber wir arbeiten daran, auch sie zu retten."

„Was? Wie denn? Ihre Frau in Buenos Aires ist längst tot. Wollen Sie sie ausgraben, sie aus ihrer DNA wiederentstehen lassen? Und was ist mir Ihrer Familie in Heidelberg?"

„Sie kommen der Wahrheit immer wieder sehr nahe, ohne sie zu sehen. Interessant. Sehen Sie, die UFOs in Nordamerika gibt es wirklich."

„Das sind doch Ihre."

„Nein."

„Es gibt wirklich Außerirdische?"

„Vielleicht, vielleicht auch nicht. Aber Ihre Raumschiffe sehen aus wie die Unsrigen. Daher nehmen wir eigentlich an,

172

dass wir das vielleicht selbst sind und wir deshalb immer schnell vor uns flüchten."

„Ich verstehe gar nichts mehr."

„Eines unserer wichtigsten Zukunftsprojekte außer der Raumfahrt ist die Zeit. Man kann nicht in die Zukunft reisen, aber in die Vergangenheit ist es theoretisch möglich."

Ich wusste nicht mehr, was ich sagen sollte. Ich kämpfte mit mir und versuchte verzweifelt zu verstehen, was dieser 500jährige Mann mit den tausend Namen mir sagte.

„Wir haben vor, irgendwann in die Vergangenheit zu reisen und unsere Liebsten zu holen."

„Ihr seid verrückt. Damit verändert ihr die Vergangenheit."

„Nein, denn wir kopieren einfach die Atomstruktur des Menschen kurz vor seinem Tod und platzieren diese von uns geschaffene identische Atomstruktur an Stelle des tatsächlichen Körpers. Den echten Körper und vor allem sein Bewusstsein nehmen wir mit in unsere Zeit und heilen ihn. So ist jedenfalls die Idee."

„Die Idee. Es klappt also nicht."

„Bis jetzt nicht, es ist noch reine Utopie, wie gesagt ein Zukunftsprojekt, aber wir arbeiten daran. Wir denken, dass all diese Nahtoderfahrungen eventuell den Moment widerspiegeln, in dem das Bewusstsein oder sollte ich sagen, der Geist, seine eigene sterbende Atomstruktur wahrnimmt."

„Ihr wollt wirklich die Menschen aus der Vergangenheit holen? Selbst wenn ihr es schaffen solltet, wo sollen denn all die Menschen hin?"

„Auf andere Planeten. Unsere Raumschiffe werden irgendwann in der Lage sein, erdähnliche Planeten zu erreichen, auf denen die Menschheit angstfrei leben kann."

„Ihr seid völlig verrückt. Man kann nicht auf andere Planeten reisen."

„Das würden unsere Leute auf den Jupitermonden sicherlich nicht so sehen. Bis jetzt können wir die Lichtgeschwindigkeit nicht überschreiten. Aber nichts ist unmöglich, wenn man dafür viel Zeit hat und wir haben viel Zeit, sehr viel Zeit. Verrückt, ja vielleicht muss man ein bisschen verrückt sein, um an eine bessere Zukunft zu glauben, in der kein Mensch mehr Angst vor dem Tod haben muss."

„Ihr solltet lieber die Kriege und den Hunger auf der Erde bekämpfen, statt in den Weltraum zu fliegen und vom ewigen Leben für alle zu träumen."

„Hm. Sie haben sicher Recht, aber wir sind nicht allmächtig. Wie viele Kriege haben Sie denn erlebt?"

„Wie? Ich? Keinen."

„Ist das nicht merkwürdig? Normalerweise gab es doch früher immer alle 30, 40 Jahre einen großen Krieg."

„Ja, aber durch die Atomwaffen, die Abschreckung .... Sie?"

„Ja, wir tun unser Bestes, aber konnten nicht alles verhindern. Ohne unser Eingreifen wäre diese Welt schon längst in einem Atomkrieg untergegangen. Ich denke da an 1962 und diesen verrückten Kennedy. Ja, nicht Chruschtschow, sondern Kennedy und seine Leute waren das Problem. Wir bemühen uns, wir haben seit 1945 überall in der Welt viel Mühe und Geld in Kriegsvermeidung gesteckt. Das war bei Leuten wie Donald Trump und Kim Jong Un auch nicht gerade einfach. Ja, wir haben unsere Ziele, aber im Moment sind wir hauptsächlich damit beschäftigt, die Menschen vor sich selbst zu schützen."

„Wenn Sie so mächtig sind, wieso gab es dann diesen schrecklichen Ukrainekrieg, wieso gab es die Coronapandemie?"

„Ich sagte schon, wir sind nicht allmächtig. Ja, dieser Putin, man kam einfach gar nicht richtig an ihn heran. Das war mit Xi Jinping schon einfacher."

„Und die Coronapandemie? Ich dachte, Sie kennen sich mit Laboren aus."

„Das tun wir. Natürlich im Geheimen. Wie meinen Sie, kommt jemand sonst auf die irrwitzige Idee, mRNA als wirkungsvolle Waffe gegen ein Virus einzusetzen? Und wie ist es überhaupt gelungen, einen Impfstoff gegen ein neues Virus innerhalb nur eines halben Jahres herzustellen? Manchen Leuten erschien das einfach unheimlich, oder? Leider so unheimlich, dass sie der Wissenschaft nicht mehr geglaubt haben."

„Oh nein. Sie überzeugen mich nicht. Sie sind kein Menschenfreund. Sie sind ein brutaler Mörder. Sie haben Alberto Gonzalez töten lassen, Ihren eigenen Sohn."

„Nein. Das war wirklich ein tragischer Unfall. Er rannte plötzlich vor das Auto unserer Leute. Er hatte sich nicht umgesehen und unsere Leute hatten nicht aufgepasst. Er war ein toller Junge, mein kleiner Alberto. Nein, wir sind keine Unmenschen. Wir töten niemanden."

Ich dachte nach. Es klang logisch. Sie hätten mich töten können, hatten mich im Gegenteil aus den Fängen der Drogenmafia gerettet. Fänge?

„Und was ist die geflügelte Schlange?"

„Die geflügelte Schlange? Oh, unser Wappen, das Wappen der Familie Cranach seit 500 Jahren, 1508 verliehen von Kurfürst Friedrich dem Weisen."

Ich wollte etwas fragen, aber ich zögerte. Cranach nahm es wahr, runzelte die Stirn, doch er fuhr fort:

„Friedrich war ein toller Mann, ein Mann, der sich mit dem Kaiser und dem Papst anlegte und uns Alchimisten in Ruhe arbeiten ließ. Natürlich wollte er auch, dass wir Gold machten, aber ..."

Jetzt brach es aus mir heraus: „Martin. Wie alt ist Martin?"

„Martin? Hm, ich glaube 35 oder 36, aber ich muss gestehen, ich weiß es nicht genau."

„Ist er …?

„Ach so, nein, er hat kein Vorleben. Seine Mutter entschied sich früh, ihn statt ihres Mannes zu uns mitzunehmen. Seine Eltern haben sich bald nach seiner Geburt getrennt und Martin ist bei seiner Mutter in Nürnberg aufgewachsen. Ja, er ist noch sehr jung. Deswegen ist er auch noch so impulsiv, so ungestüm. Fast so wie Sie."

Ihre Anspannung schwand. Martin war kein uraltes Wesen aus irgendeinem verstaubten Jahrhundert, sondern ein ganz normaler Mensch. Allerdings gehörte er zu den Unsterblichen. Sie legte ihre Pistole zur Seite. Wahrscheinlich hatte Martin ohnehin vorsichtshalber die Patronen entfernt.

„Und diese Bundespolizisten, diese Abhöranlage … Oh, ich habe noch so viele Fragen."

„Nur zu. Allerdings kann ich Ihnen nicht alles erzählen, so lange Sie noch nicht sicher zu uns gehören. Wie gesagt, Martin und ich würden Ihre Aufnahme in unsere Organisation sehr unterstützen. Falls Sie sich allerdings gegen uns entscheiden, müssen wir natürlich alles daran setzen, Ihre Veröffentlichungen zu diskreditieren, sie als blanken Humbug abtun. Die Menschheit darf im Moment nichts von uns wissen. Die Folgen wären katastrophal. Wie sollte man Abermilliarden von Unsterblichen ernähren? Kriege wären unvermeidlich! Nein, die Menschheit darf nichts von uns erfahren, solange wir keine Ausweichmöglichkeit für sie haben. Nun, wie entscheiden Sie sich?

„Ich brauche noch mehr Informationen."

„Sie sind wirklich schwer zufriedenzustellen. Gut, aber wie wäre es erst einmal mit einem Kaffee oder einem Glas Wein?

Ich habe da eine gute Flasche Beaujolais im Keller des Professors gesehen."

Er war gegangen. Sie musste sich entscheiden. Die Menschheit sollte davon wissen, aber gleichzeitig durfte sie auf keinen Fall die ganze Wahrheit erfahren. Man musste ihr langsam eine Idee davon geben, ohne sie gleich laut auszusprechen, so wie es Cranach mit seinem Bild gemacht hatte. Vielleicht sollte sie ein Buch schreiben, mit ein paar Veränderungen ihrer Geschichte, so dass die meisten Menschen eine nette Story mit einer gewissen Idee darin sahen, ohne sie gleich für die Realität zu halten. Und ein paar Menschen wie sie selbst würden vielleicht die vage Spur dahinter sehen, der sie folgen konnten. Sie lächelte. Genau. Sie würde ein Buch schreiben, am besten mit einem reißerischen Titel wie „Hexenwerk". Die Personen und Plätze würde sie etwas verändern müssen, aber den Handlungsstrang könnte man ja gleich lassen.

Sie würde so anfangen:

„Hexenwerk"

Er war tot und mir war langweilig. Ich weiß, man sollte mit den Trauernden mitfühlen, aber mal ganz ehrlich, es fällt einem verdammt schwer, wenn man den Toten überhaupt nicht kennt. Mike Rutherford war gestorben. Ein anerkannter Wissenschaftler, Professor für Zellbiologie an der Uni Würzburg. Große Beerdigung mit viel Lokalprominenz, seinen ehemaligen Kollegen, seiner Frau, seinen Kindern, Freunden und natürlich mit mir, einem Mitarbeiter der Mainpost, der den Nachruf auf den Herrn Professor schreiben sollte. Mit Würdigung seiner Erfolge im Kampf gegen den Krebs und natürlich mit Danksagungen für sein Engagement für den Regenwald des Amazonas. Er hatte es geschafft, die Honoratioren der Stadt für seine Idee eines eigenen Naturschutzgebiets bei Iquitos zu gewinnen, mitten im peruanischen Dschungel. ...